आना माना दोष

दिव्यांश पाठक

REDGRAB books
redgrabbooks.com

Published By

Redgrab Books Pvt. Ltd.
942, Mutthiganj, Prayagraj, 211003
www.redgrabbooks.com
contact@redgrabbooks.com

Price in India : .250/- INR

First published by Redgrab Books in 2024
Copyright © 2024 Redgrab Books Pvt. Ltd.
Copyright Text © Divyansh Pathak
Printed and bound in India
Cover Design & Typesetting by Redgrab Books team

ISBN : 978-93-90944-03-3

बस्ती, उत्तर प्रदेश का एक शहर। पुराण कहते हैं, ये राजा दशरथ के कुल गुरु वशिष्ठ की तप स्थली है और इसको "वशिष्टि" कहते थे। मगर जैसे-जैसे आदमी के पास काम ज्यादा और वक़्त कम होता गया तो वो वशिष्टि को बस्ती कहने लगा।

ये पूर्वी उत्तर प्रदेश के उत्तर के तरफ बसा है। नेपाल बार्डर पर, मैप में उँगली रख के देखते रहिए, जहाँ सिद्धार्थ नगर दिखे, बस उसी के नीचे देखेंगे बस्ती दिखेगा। इससे ज्यादा फैक्ट जानना हो तो विकिपीडिया कर लीजिए। इस शहर का सब कुछ ठीक है, लक्षण को छोड़ कर। फ़ॉर एग्जाम्पल- पूरे हिंदुस्तान में आप अपना बाएक लेकर जा रहे हो और गिर जाए तो लोग आपसे कहेंगे-

"कहीं लगी तो नहीं", "आर यू फाइन"

बाएक और, अगर जरूरत पड़ी तो आपका पार्थिव शरीर, उठा कर किनारे कर देंगे या एम्बुलेंस बुला देंगे या बहुत सज्जन पुरुष रहा तो शायद अपने गाड़ी से आपको हॉस्पिटल पहुँचा दे।

मगर बस्ती जिला में आप अपना बाएक लेकर जा रहे हो और भगवान न करे, आप गिर जाइये। क्योंकि अगर यहाँ ऐसा कुछ हुआ तो बगल में पान चबाते हुए शुक्ला जी अपने स्कूटर से चलते-चलते कह देंगे

"मोटर साइकिल नाही हवाई जहाँज समझ लिए हो, चूतिया साले ! "

आप छितराये पड़े रहेंगे। और फिर साइकिल से कोई ट्यूशन जाता चौदह-पन्द्रह साल का लड़का। इत्मीनान से साइकिल खड़ा करेगा। आपके पास आएगा। आपके मन में एक उम्मीद जागेगी और फिर कुछ देर में वो आपकी गाड़ी उठायेगा और स्टैंड लगाते हुए आपको एक मीठा-सा दर्द देगा "का रे बाऊ, टट्टी लगा रहा?" एतना तेज उडत जात रहे"

वो इतना कह कर शालीनता से आप से पूछेगा -

"कहु लगा-वगा नाइ नै?"

फिर आप उससे कहेंगे-

"शरीर में नहीं भइया, मन में बहुत कुछ लगा।"

"भोसड़ी के, ग़ालिब बनत बाटा। तब का ससुर एतना तेज जाएक चाही, हमें तू जइसे ओवरटेक कइला है वइसे हम सोचलि कि ई मरी सार, अउर देखा... पेलाई गइला।"

फिर आप अपना बचा-खुचा इज्जत समेट कर वहाँ से चल देंगे, गाड़ी का एक्सीलेटर घुमाते ही आपको उस लड़के और शुक्ला जी का बात याद आएगा। आप फिर गाड़ी को न्यूनतम स्पीड पर चलाने लगेंगे।

इसलिए मैं आपको यही चेतावनी देता हूँ कि ऐसे शहर के लड़के के किताब को हाथ लगाने के पहले, दिमाग लगा लीजिए। नहीं तो,

आना-माना दोष!

बुढ़िया भरोस।

चोट लगी तो हम नाहीं जनती।

यह "आना माना दोष" एक खेल है। जो बच्चे खेलते हैं। बारिश के पहले जब हवा तेज़ होती है और बादल चिरने लगते हैं, तो बच्चे अपने आपको तेज़-तेज़ गोल-गोल घुमाते हुए, गाते हैं "आना माना दोष!"

इसका मतलब होता है एक चेतावनी, बच्चे जब अपना शरीर नचा रहे हो, उस समय उनके पास मत आइए वरना चोट लग जायेगा और इसकी जिम्मेदारी आपकी होगी।

"चोट लगी तो हम नाहीं जनती।"

वक्त भी यही करता है, वो घूमता है। उसके चपेट में जो भी आता है, सबको चोट लगती है। लेकिन इसका जिम्मेदारी वह लेता है? नहीं ना।

अनुक्रम

1

यह कहानी शुरू कहाँ से करूँ? क्योंकि जिसके और जैसे लोगों की यह कहानी है उनका ओर और छोर न किसी ने पाया, पायेगा भी नहीं, जहाँ तक लगता है। कुछ लोग ऐसे होते हैं...? जिसे अगर साँचे में ढालो तो साँचा भी टेढ़ा हो जाएँ लेकिन अगर शुरू करना है, तो करते हैं।

शहर के आयीटीआयी कैंपस के दूसरे फिल्ड में क्रिकेट का मैच हो रहा था। सौरभ और शिवांग पालथी मार, एक पेड़ के नीचे बैठ, मैच को खा और टिफ़िन को देख रहे थे। नहीं! आपने गलत नहीं पढ़ा, सही में मैच को खा ही रहे थे। बात यह थी कि अभी एक विकेट गिरने के बाद दोनों को मिलता बैटिंग करने को और उसी के इंतज़ार में यह दोनों लड़के टिफ़िन हाथ में लिए बैठे थे।

आयीटीआयी कैंपस से यह मत समझियेगा की यह दोनों हॉयर एजुकेशन के छात्र हैं, ठीक से तो यह दोनों अभी हाई स्कूल नहीं पहुँचे थे। तब आयीटीआयी में क्या कर रहे हैं? बता रहे हैं, सब्र कीजिए। मामला यह है कि निहायत हरामखोर किस्म के हैं दोनों।

कौन दोनों? अरे यही जो बैठे थे। अभी आप भी जानने के बाद दो सौ गारी, पानी पी के गरियायेंगे, जब जानेंगे कि हमने इन्हे 'हरामखोर' से काहे आभूषित किया।

बात यह हुआ की कल, हाँ कल ही... फिजिक्स वाले अमर गुरु जी, 20 थप्पड़ एक लड़के को और ऐसे ही इसी के आस पास दूसरे लवंडे को, रसीद किये थे। क्यों, जानना है? बता दें यह दोनों जो पालथी मार के बैठे हैं, यह दोनों पढ़ते हैं कक्षा नौ में, 9TH। इनके एक हैं अमर सर। जिनको बच्चे रोज मारने के लिए चढ़ावा चढ़ाते हैं पर वह नित-नवीन होकर रोज़ अमर हो रहे हैं। हाँ, तो बात यह है कि यह दोनों कल फिज़िक्स का कोई सवाल नहीं लगाये थे, उसी के एवज ये दोनों

गड्ढा और गुरु जी डंडा बन कर धूल झार रहे थे। और छोड़ते-छोड़ते बोले कि, "बेटा अगर कल नहीं लगाये तो झाड़ूँगा भी और इंटरवल के वक्त ग्राउंड में मुर्गा भी बनाऊँगा। वही 'कल' आज था और आज यह दोनों लवंडे बैठ कर मैच देख रहे हैं? यह स्कूल से भागे हैं, मतलब कहा जाता है न 'बंक' किये हैं। जिस समय की यह कहानी है उस समय स्मार्टफोन जैसे क्रांतिकारी खिलौना का अविष्कार तो हुआ था, पर उसका प्रसार गली-गली से घर-घर, और घर-घर से कमरे-कमरे नहीं हुआ था। इसलिए यह दोनों मैच देख रहे थे।

सौरभ– "अबे कोनो आउट ही नहीं हो रहा है... कहीं जहाँ बैगवा रखे थे वहाँ कोनो आ न गया हो।"

शिवांग- "अरे बाबा, रुको पाँच मिनट अब्बे एक मिला आउट होत बा।"

सौरभ- "भाई हम तो जा रहे हैं, तुमको आना है आओ या मत आओ।"

शिवांग- "अरे बाबा, बस दस मिनट।"

सौरभ- "पाँच मिनट से दस मिनट, हम जा रहे हैं आना है आओ।"

शिवांग भी उठ कर, अपने पैर से गर्दा झाड़ते हुए बोला- "चलना ही पड़ेगा, ई सार ऑउटे नाही होई।"

यह दोनों अपना बैग, एक घर पर रखे थे जो की बना भी नहीं था। वहीं रख कर, उसमें से अपना घर का कपड़ा उतार और स्कूल का ड्रेस पहन कर पैडल मारते हुए उसी लुह में चलते गये। गली से खड़बड़ करती दो साइकिल, मस्त अल्हड उम्र। बचपन वाली बेफिक्री। अभी में, तुरंत में जीने की।

2

दोनों उस रास्ते से जा रहे थे वहाँ, जहाँ वो घर था जिसमें उनका बैग रखा था।

सौरभ "अबे डायरेक्टर सर कोनो कार लिए हैं ना?"

शिवांग "अरे बाबा वह कार नहीं लेगा, तो क्या हम लेंगे, देख रहे हो स्कूल तोड़वा कर फिर बनवावत बा।"

जिस घर में बैग को रखा गया था वह एक गली के अंदर था। वह गली भी गली नहीं, बस एक मेड थी जिस पर ईंटा तोड़कर, काम चलाऊ डाला गया था। दोनो उसी खड़बड़ी रोड पर खड़खड़ाते हुए साइकिल को पैदल ले जा रहे थे। सौरभ ने अभी जो कहा था वो बस कहने के लिए नहीं कहा था। इधर कुछ दिनों से स्कूल के ग्राउंड में एक वाइट स्विफ्ट डिजायर खड़ी रहती थी। उस पर सौरभ कोई ध्यान-व्यान नहीं देता फिर भी प्रेयर के वक्त या इंटरवल में उसके और दोस्त बात करते थे "डायरेक्टरवा नया कार लिहिस हैं", अंदर के डर को वह बाहर नहीं लाना चाहता था, पर वो कार, वही कार थी जो ग्राउंड में रहती थी।

सौरभ- "देख बेटा, भागना है, बैग उठा के, अब रुकेंगे नहीं।"

शिवांग- "अरे यार, तुम तो अभी टिफिन भी नहीं किए और स्कूल की छुट्टी होती है ढाई बजे, घर पहुँचने में तुमको तीन बज जाते हैं, आज 2 ही बजे पहुँचोगे तो घर वालों को शक होगा और फिर पेलाएँगे तुम्हारे साथ हम भी।"

सौरभ-" नहीं भाई हमको जाना है।"

शिवांग "जाओ मारो भो..ड़ी के ग... फट ही रहोगे, ज़िन्दगी भर।"

सौरभ कुछ नहीं बोला।

इसी को दोस्ती का अवसरवाद संस्करण कहते हैं। यह दोनों कोई एक गांड से हगने अथवा एक टिफिन में खाने वाले दोस्त नहीं थे। इनमें कोई लगाव नहीं था

पर दोनों का घाव एक था, अभी बताते हैं। यह एक क्लास के थे, जो कभी कभी मिल लेते थे, जो उम्र दोनों की थी वहाँ कोई खास नहीं होता।

“जहाँ देखा तवा परात

वहीं गाया सारी रात।"

बस ऐसी ही दोस्ती थी दोनों की, दोनों खूने गये थे, बलभर, क्लास भर देखा था और गुरु जी ने छोड़ते-छोड़ते अपने बात में यह जोड़ दिया था “कल बेटा, बिन किसी की कॉपी लिये, सारा काम पूरा चाहिए, सुबह स्कूल आते ही पहिले कॉपी स्टाफ रूम में लेकर आना, तब क्लास में।"

काम दोनों का पूरा होता नहीं, दोनों अभी कॉपी ही नहीं बनाये थे। एनुअल एग्जाम आने वाला था। और मान लीजिए, सुरिया के, अभुआकर, काम पूरा भी कर लेते तो फिजिक्स तो इतिहास हैं नहीं कि एके दिन में हड़प्पा काल से लेकर माउन्टबेटन तक का काल याद करना है। वहाँ “equation" होता है, “solution" होता है और कहीं भूला न जाये इसका टेंशन होता है। मामले की गम्भीरता आप समझ रहे हैं न?

बात सीधी थी या काम पूरा करो या पेलाओ। लेकिन इसके बीच में एक बात थी। स्कूल ही न जाओ। अब ये दोनों तो कोई चश्मा लगाने वाले लड़के तो थे नहीं कि पढ़ के आँख फोड़ लिये हो।(आँख कई बार फूटी थी, लेकिन कभी गेंद भड़-भड़ में, कभी कॉलर पकडाउअल में) घर पर इन सब की डिग्निटी “हरामखोर" “नालायक" “नमकहराम" टाइप के सम्बोधनों से थी। इससे आपको यह बोध हो जाना चाहिए कि इनका स्कूल न जाना घर पर और बवाल करा देता। ये स्कूल जाते नहीं थे, इनको स्कूल भेजा जाता था। और शिवांग तो बीमारी का बहाना भी नहीं बना सकता था क्योंकि अभी आठ, नौ दिन हुआ था, कि स्कूल जाने से पहले वो चक्कर खाकर गिर गया। घरवाले परेशान “बाबू के का होई गे" सिट्राजिन खिलाया गया। इलेक्ट्रॉल पाउडर दिया गया और कुछ देर बाद बाबू एकदम फिट। दोपहर होते, बाबू गेंद दीवार पर मारते हुए खेलने लगे। सबको लगा बच्चा है, लड़का है कब तक सोया-लेटा रहेगा, लेकिन 1:30 बजे के आस-पास मम्मी के फोन पर फोन आया, फोन स्कूल से था, स्कूल शिवांग का था।

“हेलो मैम, शिवांग आज स्कूल नहीं आया, उसकी आज सारी कापियों पर स्टाम्प लगना था और एक रिवीजन टेस्ट होना था।"

आना माना दोष

मम्मी समझ गयी इस आकस्मिक आपदा का कारण । जुतियाये नहीं गये, हाँ लोलियाये बहुत गये ।

इस मामले के वजह से शिवांग छुट्टी अप्लाई भी नहीं कर सकता था । तभी से स्कूल रोज आना और जाना पड़ता ।

स्कूल एक कारण से और नहीं जाना पड़ता, अगर बारिश होती । शिवांग सुबह उठते हुए ही जंगले से झाँक कर देखा, सूरज देवता तो लग रहे थे कमरे में ही उतर आयेंगे ।

सौरभ भी सुबह एक बार अपना तापमान नाप चुका था कि काश ! बुखार हो मगर नहीं हुआ । सुबह टट्टी करते भी जाँच किया । पेट भी सही है । लेकिन प्लान दोनों कर लिए थे कल ही, कि अगर कुछ नहीं होगा तो यह फाइनल रास्ता कि "अपुन बंक करेंगे ।" शिवांग तो खैर पाँच बार गोला मारा भी था, पर सौरभ नया भर्ती था । नया खिलाड़ी ।

सौरभ के चेहरा पर धुआँ उड़ा था, जबसे वह गाड़ी देख लिया था । शिवांग जो कि मौके-बेमौके बंक या "गोला" मार लिया करता, वहीं सौरभ अभी नया-नया बल्ला उठाने वाला था ।

दोनों घर के बाहर पहुँच चुके थे, साइकिल को स्टैंड पर लगा, घर के अंदर दाखिल हुए । बरामदे में अलग-अलग जगह मोरंग, गिट्टी, बालू रखा गया था और दीवार से सटाकर सीमेंट की बोरी, दीवार जो की बिन प्लास्टर के माल ईंटों की थी, अंदर से कुछ लोगों के बात करने की आवाज आ रही थी । वही कुछ मजदूर रोटी-ओटी पॉलीथिन में लेकर खा रहे थे, किसी के पास सब्जी थी और कुछ पास के किसी दुकान से छोला लेकर अपने रोटी के सूखापन को खत्म करना चाह रहे थे ।

रोटी सूखी भी हो तो भूख मिटा सकती है, लेकिन स्वाद नहीं होता है । इसी तरह ज़िन्दगी भी जी जा सकती है, चबाते हुए, पर स्वाद नहीं होता । ज़िन्दगी चाहिए जिसमें उफान हो, तूफान हो, और तूफान के बाद कि खामोशी ।

शिवांग जो की अक्सर बंक करता था । वो मजदूरों से बात करने का आदी था । थोड़ा उन लोगों को खुद से जोड़ लेता था । मजदूर अपनी धँसी-धँसी आँखों से उनको ताक रहे थे, अचरज में ।

शिवांग- "का हो चाचा, यह जुनिया भोजन होत बा ।"

"काओ करी बाऊ, इहे ज़िन्दगी है, वैसे केसे मिले ऑइल हवा?" -एक मजदूर ने बोला।

अभी मजदूर बोल ही रह था कि शिवांग झट से अंदर गया, किचन के सिंक में उसने अपना और सौरभ का बैग रख कर ऊपर से बोरे से ढक दिया था। सौरभ को बुलाकर उसने, स्कूल का कपड़ा पहनने का व्यवस्था करने लगा। कुछ खास करना नहीं था, जूता उन्होंने पहना ही था, पैंट के ऊपर से स्कूल का पैंट और शर्ट उतार, स्कूल का शर्ट और टाई। अभी दोनों बैग खोल ही रहे थे कि एक मजदूर अंदर से आया "का बाऊ ई कुल, तोहन पचन के हवें?"

शिवांग- "हाँ काका अउर केकर रही।"

"कोने स्कूल के लइका हवा।"

"अरे, यही ब्लूमिंग बुड्स के।" शिवांग ने झूठ बोला।

"लेकिन ई कपड़वा तो, लाला वाले स्कूलीया के हवे।"

शिवांग सकपका कर मामला सम्भालते हुए- "नहीं चाचा अब तो कुल अइसे ड्रेस लगवावेलें, काहे लेकिन पूछत बाटा चाचा।"

"कौन लइके आइल बाटें हो मनमोहन।" -बाहर बरामदे से आवाज आयी।

शिवांग ने, सौरभ को देखा, जो डर अभी तक सौरभ के चेहरे पर था, वह हक़ीक़त बन कर दोनों के चेहरे पर दिखने लगा।

"अबे ई तो सबलुआ है।" शिवांग ने जैसे खुद से बोला।

डायरेक्टर का भाई श्याम लाल श्रीवास्तव उर्फ सबलू।

शिवांग ने सौरभ को देखा, तो सौरभ उसे पहले ही देख रहा था और आँख से ही जैसे उसको बोल रहा था

"देख लिए अपनी ल*चट्टई।"

कमरे के भीतर एक नाटे कद का, थोड़ा मोटा, वैसे ही छोटा आदमी... और उसके पीछे दो लोग। यही नाटे आदमी सबलू सर थे।

यह कैसे आ गया, कहाँ से इसे पता चला? यह सवाल का बवाल दोनों को बेहाल कर रहा था।

3.

जितना लात दोनों खाये वहाँ पर, फिर जो घर पर फोन हुआ, घर पर पापा-भइया ने लतवन मुकवन कचरा, मम्मी ने रात को "तोहार चाल नीक होत, तो काहे के" कहते हुए पीठ पर, घुटने पर हल्दी रखा और खाना के साथ एक गिलास हल्दी मिला दूध दिया, यह सब, सब जगह होता है, होता रहेगा तो आप इसका ठहर कर अनुमान कर लीजिए लेकिन मैं बताऊँगा आपको कि वह बात क्या थी जिससे गुरु जी, अरे वही "सबलू सर" कैसे उस आधे बने घर मे इन दोनों को ताड़ लिए थे।

"स्टैनटीज़, अटेंसन।"

"स्टैनटीज़,अटेंसन।"

"रेडी फ़ॉर नेशनल एंथम।"

पोडियम पर माइक के उस ओर सात बच्चों के साथ, पूरा असैम्बली हाल गूँजने लगा।

"जन गण मन अधिनायक जय हे भारत भाग्य विधाता,"

"जन गण मङ्गल दायक जय हे भारत भाग्य बिधाता!

"जय हे, जय हे, जय हे, जय जय जय जय हे।"

"स्टैनटीज़, अटेंसन।"

माइक पर एक लड़की आगे बढ़ कर, "एंड टुडे थॉट इस प्रेसेंटेड बाई, अश्विनी कुमार ऑफ क्लास ऐर्थ बी।"

असेंबली लाइन में से एक बच्चा माइक पर कागज लेकर, "हैलो एव्री वन, माइसेल्फ अश्विनी कुमार, एंड आयी एम हेयर फ़ॉर प्रेजेंटिंग टुडे थॉट।"

कागज को गौर से देखते हुए, "एंड द थॉट इज... एंड... द... थॉट... इज...

आयी फ़ॉर... आयी... मेक व्होल... वर्ल्ड... ब्लाइंड।

थैंक एव्री वन हेव अ गुड डे।"

लड़का फिर लाइन में चला गया, वही लड़की फिर आकर बोली- "थैंक यू अश्वनी।"

ऐसे बिल्कुल मत सोचिए कि सब कुछ इतना आरामदायक और अंग्रेजी में हो रहा था। क्लास 9th के लाइन के बीच वाले हिस्से में बहस थी, चौकन्ना पन था। इस पर इंचार्ज सर ने दो बार डाँटा भी।

"पूरी क्लास को इसी धूप में खड़े रखूँगा, अगर एक आवाज और आ गयी।"

पर आवाज तो थी।

"अबे तोके पता बा, कौन बंक किये रहा, अउर सबलुआ पहुँच गे?"

"नाहीं बे, हमू आयन तब जाने सुबह।"

फिर से पोडियम के माएक से उस लड़की की ही आवाज आयी, "असेम्बली इज़ ओवर... बट देयर इज़ अ मैटर, व्हिच स्कूल ऑथरिटी वांट टू रेव्हील टुवर्ड यू ऑल सो स्टूडेंट ऑफ के जी टू फाइव मूव टू देयर क्लासेज... रेस्ट वेट टिल नेक्स्ट कॉल।"

वो लड़की और उसके साथ जो और बच्चे पोडियम में थे अपने-अपने क्लास के लाइन में लग गये।

माइक को अपने हिसाब से एडजेस्ट करते हुए, छोटे कद के मोटे आदमी ने, बोलना शुरू किया, अरे मतलब सबलू सर ने।

"गुड मॉर्निंग आप सभी को।,

यहाँ जो भी लोग हैं, स्कूल आपका है, हमारे बच्चों का... जो पढ़ना चाहते हैं। जिनको अपना भविष्य सँवारना है लेकिन हमारा सिर शर्म से झुक जाता है जब कहीं हम ऐसे घटना से वाकिफ़ होते हैं जो नहीं होना चाहिए। कल कुछ ऐसा ही हुआ, हमारे स्कूल के दो छात्र जो कि घर से स्कूल के लिये निकले पर स्कूल न आकर अपना बैग, जिसमें वह घर का कपड़ा भर कर लाये थे और इनके बुद्धि तथा मत का मैं तब बलिहारी हो गया, जब उन्होंने अपना बैग छुपाने के लिए पूरे शहर में एक मकान का चयन किया, वह था डायरेक्टर सर का घर जो कि अभी बन रहा है। ...मुझे पता है कि और भी छुपे रुस्तम लोग हैं जो इस प्रकार के गतिविधियों में

लिप्त है... आप लोगों का टीचर होने के नाते सलाह मैं यही दूँगा की आप सबसे तो बच जायेंगे। पर ईश्वर आपको और आपके विश्वासघात को, जो आप अपने माता-पिता, स्कूल, अध्यापक के साथ कर रहे हैं वह नहीं माफ करेगा। और इसका ही नतीजा कल की घटना है। हमने जिला के हर थाना प्रभारी, सी ओ सिटी अथवा मजिस्ट्रेट साहब से भी इसके बारे में बात किया है, कि यदि स्कूल का कोई भी बच्चा, स्कूल समय में, स्कूल ड्रेस पहना हुआ बाहर सड़क पर दिखे, तो आप स्कूल को खबर करिए और उन्होंने सहयोग का आश्वासन दिया भी है।

आपको क्या लगता है कि आप बच जायँगे... यह गलत फहमी है। आप नहीं बच सकते, कभी भी नहीं, क्योंकि आप एक संस्था को बदनाम करते हैं जिसका ड्रेस आप पहन कर जाते हैं सड़क पर। हम इन दोनों बच्चों को रिस्टीकेट करने वाले हैं अगर वह आज अपना माफीनामा नहीं दिए । यह दो बच्चों का नाम है शिवांग उपाध्याय और सौरभ चौधरी क्लास 9th, बहुत-बहुत धन्यवाद, अब आप लोग अपने क्लास में जा सकते हैं।"

जो सन्नाटा अभी तक छाया था, वह पहले भनभनाहट फिर कदमों के आवाज के बवंडर में बदल गया, "अरे सारे हरामी हैं कुल नाइन्थ वाले।"

"शिवांगवा तो बाय... पर सौरभवा इतना हरामी नाहीं रहा, सुने हैं सबलुआ बहुत मारा है, घरा में दोनों को।"

इन बच्चों के भीड़ में बहुत सवाल थे।

कोई मज़ा ले रहा था "बहुत सही पेला गइन।"

कोई चिंतित था "शिवांगवा से कहि दो, लिख दे एप्लिकेशन एक टू नाही तो ज़िन्दगी बेकार होई जाई।"

लेकिंग शिवांग ओर सौरभ थे कहाँ?

4.

शीशे के मेज पर A4 साइज पेपर लेकर बैठे थे, शिवांग और सौरभ। डायरेक्टर ऑफिस था। बाहर लाइन बनाकर बच्चे अपने अपने क्लास में जा रहे थे। कैबिन में शीशे के उस पार सब देखा जा सकता था। पर उस पार से इस पार अगर देखना चाहो तो आपका थोपड़ा ही आपको दिखता। कुछ-कुछ लाइन में बच्चे निकलते और शीशे के ओर देख अपना बाल सही करते। दोनों अंदर से सब तमाशा देख रहे थे। शीशे के उस पार एक म्यूट वीडियो सा सब कुछ चल रहा था। लाइन से बच्चे जाते, कोई-कोई लड़का अपना बाल सही करता, किसी में मज़ाक होता, कोई चलते हुए अपने सामने वाले को धकेल देता और पूरी लाइन डगमगा जाती।

सब कुछ बहुत शांत, तूफान के बाद वाला, बस कभी-कभी डायरेक्टर सर अपने टेबल की रिंग बजाते और ऑफिस के एक कोने पर स्टूल पर बैठा प्यून, उठ कर बात सुनता। काम करके फिर आकर उसी स्टूल पर बैठ कर अपने मल्टीमीडिया मोबाइल में कोई भोजपुरी पिक्चर देखने लगता।

सब कुछ शांतिमय दिख रहा था.... पर था नहीं। सच यह था कि दोनों डायरेक्टर ऑफिस में बहते हुए नहीं आयेआये थे।इसके पीछे एक प्रोटोकॉल होता है, स्कूलों का। बस इसी प्रोटोकॉल के तहत, इस ऑफिस में आने के ठीक पहले, इंचार्ज प्रतीक श्रीवास्तव, शिवांग के बेल्ट में हाथ डाल कर उसे उठा दिए थे (नहीं-नहीं कुछ अश्लील मत सोचिए) बस जैसे अंडरटेकर किसी छोटे-मोटे रेसलर को उठा लेता था। ठीक वैसे, गुरु जी, अपने भुजाओं पर, धारण किये थे शिवांग को। शिवांग मनौति करता "सर कभी नहीं.. होगा, सर प्रॉमिस... सर" लेकिन "सर" एक और इंच उसको ऊपर कर देते, उसको उतना ही डर लगता, और मन में यही शंका "प्रतीकवा कहूँ पटक ने दे, पगलेट है, कौन भरोसा?" यह आशंका यू हीं नहीं थी, अभी दस दिन पहले ही एक लड़के को मारे थे प्रतीक सर जी। हाथ कुछ इस

आना माना दोष

वेलोसिटी से कान से टकराया, कि बायोलॉजिकल डिफेक्ट हो गया। नहीं समझ रहे हैं? अरे! मतलब कान का पर्दा फट गया। बस यही घटना, दिल दहला रही थी और वो सर के पंजो पर पेट के बल लेटा हुआ मिमिया रहा था।" सर पक्का, सर अब कभी हुआ, तो खूब मारिएगा, प्लीज सर।"

सर जी उसके सामने खड़ा, अपने उन्हीं कर कमलों से (हाथों से) उसके दोनों कंधों को भाँति-भाँति के आकार-प्रकार में घुमाते हुए कहते हैं- "अच्छा तुम लोग बेटा, स्कूल बंक कर दिए, मेरे इंचार्ज होते हुए।"

शिवांग मिमियाते हुए- "अरे सर कभी नहीं करूँगा, पक्का।"

सर- "कौन कौन और करता है बंक बता नहीं तो, डंडा माँगाता हूँ।"

शिवांग- "सर, मैं किसकी कसम खा लूँ, पक्का कोई नहीं था, हम सौरभ... बस।"

सर- "चल भाग तुरंत एप्लिकेशन लिख कर क्लास में जाओ और हाँ पहिले डायरेक्टर ऑफिस में मिल लो।"

शिवांग और सौरभ, खाली होकर, हाथ से पहिले बाल सही किये। क्योंकि जहाँ प्रतीक सर अपना कसाई घर बनाये थे वहीं से सब लडकियाँ रो बना कर प्रेयर करने जा रही थी इसलिए जैसे ही सर जी ने दोनों को रिहा किया, तुरंत पहिले हाथ से बाल सेट हुआ, पेंट और शर्ट का क्रीच सही किया। टाई, जिसको पकड़ते हुए, गुरु जी दोनों को ले आये थे। कॉलर के बटन के नीचे टाइट किया गया, फिर कारवाँ प्रस्थान हुआ डायरेक्टर ऑफिस में। डायरेक्टर साहब भी अपने हिस्से का, अपने पद के हिसाब से कुछ-कुछ गंभीरता, अहिंसक नसीहतें देने के बाद बोले "पुट अ अपोलॉजि, एंड गो टू योर क्लासेज।"

अब आप लोगों से क्या छुपाएँ। यह दो लड़के इतने लंठ थे, कि इन दोनों को एप्लिकेशन भी लिखना नहीं आता था। दोनों अपने-अपने कागज को देखते और वो कागज में दोनों तरकीबे खोजते कि "भले दोई तीन लप्पड़ अउर लग जाए लेकिन ईश्वर, अगर तुम हो तो हमें इस बला से बाहर करवाओ।"

ईश्वर भी इनका, खास करके शिवांग का आवेदन खारिज नहीं कर पाए। ईश्वर का यह "अहो भाग्य" कि शिवांग उपाध्याय उन्हें याद किया। बता रहे हैं न कि यह लवंडा बहुत हरामखोर है।

हाँ, तो हुआ यह कि क्लास का सबसे पवित्र लड़का (इन द सेंस, डिसेंट, पढ़ाकू) वहीं शीशे में उस पार जाता हुआ दिखा, झट से शिवांग ने पेपर उठाया और चला गया बाहर। दौड़ कर उस तक पहुँच, मन्नत मिनोउती कर "भाई प्लीज लिख दे" वहीं बगल के क्लास में ही बैंच पर ले जाकर, लिखवाने लगा। लड़का परेशान, एक लाइन लिखता फिर देखता। कोई सर न आ जाएँ। फिर लिखता, ऐसे करते-करते एप्पलीकेशन पूरा हुआ।

वापस जगह पर आया तब, सौरभ पूछा "बाबा कहाँ चले गये थे?"

शिवांग आँख मारते हुए, एप्लीकेशन मेज पर रख दिया। सौरभ भी उतार लिया, वही नाम बदल कर। एप्लीकेशन तो दे दिया गया था पर क्लास में किस तरह जाया जाए। अगर क्लास में जाते दोनों तो सबसे पहले क्लास टीचर जो अटैंडेंस लेती, इन लोगों का नाम आने पर, इनकी क्लास फिर लगा सकती थीं।

"तुम लोग अभी यहीं बैठे हो, बैक टू योर क्लासेज।" प्रतीक सर पीछे से चिल्लाते हुए।

क्लास के बाहर जैसे दोनों पहुँचे अंदर अलग ही मैटर चल रहा था। कोई क्लास टीचर नहीं थी, बल्कि अमर सर एक्स्ट्रा क्लास ले रहे थे। चार पाँव वहीं क्लास के बाहर ठिठक गये, सुबह-सुबह कितना आफत।

शिवांग- "बाबा चलो टॉयलेट।"

सौरभ– "हाँ, ताकि अबकिर प्रतीकवा टॉयलेट में से मारत ले आवे।"

आव देखा ना ताव "मे आयी कमिंग सर!" कह कर सौरभ क्लास में शिवांग बाहर पसोपेश में खड़ा था।

अमर सर में एक बात थी वह किसी को बे-फालतू और लगातार नहीं रेलते थे। और वह अभी खुद भी यंग थे तो उनको अंदाजा था "लवंडे हैं, यह नहीं उत्पात करेंगे तो कौन करेगा?" वह बस अपने काम से काम वाले थे, आप उनका सब्जेक्ट अप टू डेट रखिए, भले स्कूल में बम फेंक दो(कुछ ज्यादे लिख दिया, एग्जाम्पल था)। शर्त यह थी कि उनका सब्जेक्ट अप टू डेट चाहिए।

शिवांग को भी जाना पड़ा, बवाल किसी के साथ काटना चाहिए, तभी हिम्मत भी आता है। अगर आप पकड़ा गये तो कोई तो रहेगा आपके साथ।

5.

धरती घूम रही थी, अपने हिसाब से, यहाँ एक ज्ञान दे दें, धरती चार मिनट में एक डिग्री घूमती है। इसी चाल चलन के साथ अब भी घूम रही थी।

शिवांग की किस्मत भी इस तरफ से मुँह करके उधर हो गयी। मतलब करवट ली थी। अमर गुरु जी को फिजिक्स से हटा कर मैथ्स दे दिया गया था।   । वो अब मैथ पढ़ा रहे थे। मैथ में एक छुपा हुआ रहस्य है, जब आपको यह लगे कि "अरे ये सवाल तो मुझे आता है!" वही सवाल आपकी लेने वाला है, भविष्य में। ज़िन्दगी भी ऐसी ही है, आपका कॉन्फिडेंस, ओवर कॉन्फिडेंस हुआ, समझ लीजिए, पेलाने वालें हैं, याद कीजिए आप साइकिल या मोटरसाइकिल चलाते हुए कब-कब छितराये हैं ? जब आपको लगता है "बहुत गैप है, निकाल लेंगे।"

तो शिवांग को, शिवांग को क्या? शिवांग के पूरे क्लास को इन द सेंस क्लास 9th को। होमवर्क मिला था। वह यह कि आर एस अग्रवाल में चैप्टर 14 का एक्सरसाइज नंबर 14.2 लगा कर ले आना है और साथ-साथ सर ने जोड़ दिया था, "अगर नहीं लगा पाओगे या नहीं लगाये, तो स्कूल भी मत ही आना, काहे कि बेटा हुमुच के मरेंगे।"

शिवांग भी घर पहुँचते ही जूझने बैठ गये, क्योंकि वह मैथ में थोड़ा अति उत्साही था। वैसे तो वह ऑल -टोटल मिलाकर गोबर-गणेश के श्रेणी में ही आता था। लेकिन बात यह है कि नये सब्जेक्ट के वजह से गुरु जी को इम्प्रेस किया जा सकता था। जिस चैप्टर से वह पढ़ापढ़ाना शुरू किए थे, क्लास मेट की नई कॉपी खरीद, ग्रे लाइनिंग वाली, चालिश रुपये की, पहले पन्ने पर अपना सजा कर नाम, रोल नंबर, उसके नीचे सब्जेक्ट डाल, एक पन्ना छोड़ चैप्टर "दस" शुरू हो गया। यानी कि जहाँ से सर शुरू किए, वहीं से कॉपी शुरू।

इसी क्रम में आज भी जूझ रहे थे, एक सवाल शुरू करता, आंसर आ जाता,

दूसरा भी शुरू कर देता फिर आंसर आ जाता, जहाँ फँस रहा था, मम्मी के सैमसंग चैम्प पर 24 वाला वोडाफोन का नेट पैक काम आता। यहाँ बता दे कि तब जीयो जैसे, इंटरनेट को देशी कुत्ता बनाने वाली कंपनी का उदय नहीं हुआ था। तब इंटरनेट, जर्मन शेफर्ड था, कहीं-कहीं मिलता।

सैमसंग चैम्प मोबाइल के ओपेरा ब्राउज़र पर, एक सवाल को प्रकार-प्रकार से टाइप करता हुआ। धैर्य से वह लोडिंग होते हुए "URL" को देखता, फिर सर्च करता। नौ सवाल पूरा कर, एक में फँस गया। शिवांग ने बिन ज्यादे लोड लिए "चलो किसी का देखकर क्लास में कर लेंगे!" मोबाइल में प्रिंस ऑफ पर्शिया। softonic.in से डाउनलोड कर, मनभर खेला, खेलते-खेलते नींद आने लगी।

सुबह उठते ही खूब मस्त-मगन अवस्था में, स्कूल जाने को तैयार हुआ। पर थोड़ा-सा लेट हो गया। फिर भी प्रेयर बेल लगने के पहले, स्कूल पहुँच कर क्लास के तरफ जाते हुए। एकाध लड़की को कनखियों से ताकते हुए। सीढ़ी चढ़ता है कि देखता है क्लास "नौ" जो कि निन्यानबे प्रतिशत हरामियो से भरा हुआ था, वहाँ के बच्चे प्रेयर के पहले अपने-अपने सीट पर। काहे? इतना शांत बैठे हैं, जैसे सीट पर, बच्चे नहीं, सीमेंट की बोरी रखी हो "कुछ तो बात है, फिर कोनो कांड हुआ है क्या, जाकर देख ही लेते हैं।"

शिवांग क्लास में घुसते हुए, वह अंदर तक चला आया था– "सर में आयी कमिंग!"

"बेटा, सीट पर बैठ कर पूछे होते!" -अमर सर

शिवांग खिसिया के हँसते हुए– "अरे, सॉरी सर!"

यह तो सोचा नहीं था, शिवांग ने "अब क्या करें, एक सवाल अभी नहीं हुआ है लेकिन चलो नौ तो हुआ है, एक ही तो बचा, कोई नहीं ।"

"ओए अभी कौन लड़का आया था, हाँ पीछे वाला, कल जो दिया था, कॉपी लेकर आओ!" -अमर सर शिवांग से ।

फटाक से कॉपी बैग से निकाल, पलटता हुआ, टेबल के पास पहुँच कर, "यस सर" कॉपी सर को दे दिया ।

उसका कॉन्फिडेंस देख पूरा क्लास अचरज, "अबे ई कैसे कॉपी बना सकता है?"

सर की उँगलियाँ, पन्ना पलट रही थीं, और आँखें, सवाल को देख, सल्यूशन जाँचते हुए, आंसर पर सिकुड़ती, फिर आगे बढ़ जातीं।

"यह तो नव ही है!"- सर।

"अरे... सर... वो... ए... एक... नहीं आ रहा था!" कँपकँपाते हुए, शिवांग।

ब्लैक बोर्ड से क्लास के पीछे वाले हिस्से तक सन्नाटे में "चट्टू......" की एक पतली आवाज।

शिवांग अपना बया हाथ, अपने गाल पर रखे, सबसे आगे वाले बेंच को, ढिमलाते हुए, पकड़ लिया।

टाई पकड़ते हुए, सर ने फिर उसे खींचा।

सर– "कल क्लास में था कि नहीं।"

"थ्.... थ्.... थ्.... थ्ये.... सर!" - शिवांग।

सर- "बोलता क्यों नहीं, बोल!" बैठे हुए बच्चों की तरफ देखते हुए "यह कल क्लास में आया था कि नहीं?"

किसी ने बोला नहीं पर कुछ फ्रंट सीट पर बच्चे सर ऊपर-नीचे करने लगे।

शिवांग को देखते हुए सर "बता, तब तेरा ध्यान कहाँ था?"

शिवांग अपने दोनों गालों पर हाथ रखते हुए ,फुसफुसाहट के साथ-

"सॉरी सररररर.... अबब्ब... कर... के... आयेंगे।"

सर उसके दोनों कानों के नीचे वाले हिस्से को,उँगली से मसलते हुए "किया क्यों नहीं?"

शिवांग मिमियाते हुए "सॉरी... सॉरी... सर... अब कभी नहीं होगा।"

एक बच्चे से सर ने- "क्लास मॉनिटर, क्लास सेवंथ में, अभिजीत नाम के लड़के से कह दो,अमर सर डंडा माँगे हैं।"

कुछ ही देर में डंडा आ गया, शिवांग ने सॉरी बोला, बहुत बोला, पर सर माने नहीं,

"हाथ सीधा कर, नहीं तो..... इधर-उधर लग गया तो टूट जाएगा।"

दस पंद्रह डंडा हाथ पर गिरा, तीन-चार डंडे तक तो हाथ को दर्द हुआ पर फिर हाथ अपने किस्मत को समझ, शून्य हो गया। जैसे कोई बच्चा रोते-रोते सो जाता है।

"पिन-ड्राप साइलेंस!" कितने टीचर कहते रहे पर असली,पिन-ड्राप साइलेंस यही था। जहाँ सुई भी गिरती तो उसके गिरने की आवाज "टिन..." से पूरा क्लास

सुनता। क्लास में बस "षट... षट!" डंडे के आवाज के साथ, सर की बोली "हाथ आगे कर, कर आगे!" उसके साथ शिवांग उँगली से गले को पकड़ कर, रोआहट भरी आवाज में कहता "सर कभी नहीं गलती होगा, सर, प्लीज सर, पक्का सर, अभी लगा लेंगे।"

गिड़गिड़ाता हुआ इंसान सबसे गिरा हुआ होता है। हारा हुआ, उसकी कोई सेल्फ रेस्पेक्ट नहीं होती लेकिन यदि उसकी बात भी ना सुनी जाए फिर वो इंसान से जानवर की तरफ सरक जाता है। एक बच्चा पूरे क्लास के सामने मार खाता है, उसे फिर उसी क्लास में बैठना है, फिर उन्हीं लोगों से बात करनी है, जिसने उसको मानवता के सबसे सतही स्तर पर देखा है। एक बात और थी, अगर हमें पता है कि हमारे साथ यह होने वाला है तो लाख हम उससे डरे, उससे भागने की कोशिश करें, लेकिन हमारा एक हिस्सा उस सच्चाई को मान लेता है। शिवांग को अगर यह पता रहता कि वह मार खाने वाला है, कुछ नहीं हो सकता, तो वह कल केवल एक-दो मैच खेलकर घर नहीं चला आता और सवाल लगाने लगता, बल्कि वह जानते हुए कि कल मार खाना है, खेलता मौज़ में। पर वह काम तो किया था या कोशिश तो की थी, लेकिन कोशिश महसूस करने की बात है, वह दिखाई नहीं देती। पर वह होती है, वहीं जहाँ काम होता है।

यही बात शिवांग को खल गयी थी "मारा काहे, एक सवाल के लिए, इतना मार!" सीट पर आकर भी उसका हफस-हफस के रोना रुक नहीं रहा था। सर ने एक बार कहा भी कि "बिदा करके लाई दुल्हिन के तरह रोयेगा तो अभी और मरूँगा, भाग मुँह-हाथ धूल!" पर वो सीट से नहीं हिला, ज़िद, बगावत, गुस्सा।

6.

शहर में कुछ दिनों पहले एक घटना हुई थी। किसी एक स्कूल में एक टीचर को, उसके घर में घुस कर कुछ बच्चों ने मारा था, नहीं मार नहीं डाला था, बस मारा था। शहर थोड़ा-सा था तो खबरें ज्यादा फैलतीं थीं। हर चौराहे पर एक चौरसिया की दुकान होती है। हर चौरसिया के दुकान में पान लगता है। हर पान खाने वाला केवल पान खाकर थूक नहीं देता है, वह दुकान पर खड़ा हुआ पीता है, बात। चौबे जी सोचते हैं "आज ललवा कहाँ रही गे रे?" ललवा, मतलब श्रीवास्तव जी आकर बताते हैं, "का हो चौबे, कलिहा, तोहरे पड़ोसी पर हमला होई गें सुनें?" चौबे जी कहते हैं– "केतना हरामी सारे लवंडे होई गइल बाटे का बताई।"

इसी तरह खबर फैलती है, शहर में यह खबर भी फैल गयी थी, शहर में था स्कूल, स्कूल में थे शिवांग।

इंटरवल में जब सब बच्चे ग्राउंड में अपने-अपने हिस्से की कहानी लेकर आते, तो शिवांग का एक अलग और मजेदार काम था। बात यह थी कि, एक दिन अपने आस-पास बच्चों का घेरा बनाकर, बीच मे महेंद्र सिंह धोनी कि तरह। पता नहीं वैन के ड्राइवर साहब बच्चों को क्या मंत्र दे रहे थे। घेरा अच्छा-खासा बड़ा था, शिवांग की हाइट अच्छी-खासी छोटी थी, वह बस मौका देखकर सर डाल दिया, किसमें? घेरे में।

ड्राइवर कमला पसंद की आधी पुड़िया खा, आधी हाथ में मोड़िया, मुँह बना-बना कर बोल रहा था- "हम जब लौण्डा रहन, तब हमरो एक ठु माल रही... एक दिन दूसरे गाँव के लड़का... ओके ताड़त रहा.... लवंडे के हम ताडत्.... ताड लिहेन... कहेन कि .... "सुन, मइआ चोद के, भइया पैदा कई देब, तोहरी माका चोदो, बिहान से दिखाई दहला इहा तो....!" फिर ड्राइवर अंकल कमला पसंद की पुड़िया ऊपर वाले जेब मे डाल कर, सलाह के अवस्था में कहने लगे

"बाबू तोहन पचन के बतावत ही, कि साला लवंडी के पटाव, सटाओ, हटाओ।
कब्बो लब ने करयो, हमहू बाबू कहूँ अउर होइत, लेकिन साला, जब माइ-दादा
पढ़े भेजत रहिन। तब, लब होई गे। अउर देखा, स्थिति, आज डायरेक्टर साहब
कहे लिन, 'भास्कर यह कर दो' अभिन भास्कर गाड़ी के चाभी निकलिये तब तक
सबलू 'भास्कर, तनी डीज़ल लेते आवा' कही के डंडा डारे रहिए, अरे हमरो गाड़
हवे, पिरा ला, केतने जनी के डंडा लेई, एके छेदे में!" फिर ड्राइवर साहब हाथ की
तर्जनी उँगली उठा कर कहते, "बेटा लोग हमार बात माना... दारू अउर मेहरारू...
से बस राती के सटे... दिन भर नाहीं!"

ड्राइवर साहब उस दिन बहुत फेके, जितना हो सका उतना फेके, शिवांग भी
बहुत लपेटा, बस उसी दिन से ग्राउंड के बतकही में मौज मिलने लगा। इसी बकैती
में उसे वह खबर सुनाई दी। अखबारों की खबरों का असर लोगों पर वैसे नहीं
होता, जैसे वो छपती है। इस बात को ही ले लीजिए, शीर्षक था, "मनचलो ने की
अध्यापक की पिटाई!" खबर नेगेटिव थी, पर बच्चों के बीच क्या हवा थी, " "पेला
तो गइन, कोनो कुछ कहिस, अरे आग मुतेक नाहीं चाही!" बच्चों में यह वीर गाथा
का विषय था।

शिवांग को भी यह खबर मिला और एक रास्ता खुला कि ऐसा भी हो सकता
है, मैं बेबस नहीं हूँ, मैं बस पीड़ित नहीं, मैं पीड़ा भी पहुँचा सकता हूँ। उसने कुछ
मनचले भैया लोगों से बात करना शुरू किया, पहले तो उसे कोई भाव नहीं देता
और अच्छा बाबू कह कर सब सरक लेते, पर उसको तो बदला लेना था।

एक किशन भइया थे, स्कूल के आस-पास के एरिया में उनका चलता था।
क्यों चलता था, वह तीन गाड़ी से चलते थे, नहीं, अपने तीनों पर बैठते नहीं, मतलब
तीन बाइक उनके साथ चलती। कुछ लोग भी बाइक पर होते। स्कूल के लड़कों
का मैटर भी देखा करते थे। यही सब था कि उनको भी चलाता था और उनका
भी चलाता था। शिवांग भी उनसे जान-पहचान बढ़ाने का व्यवस्था करने लगा।
पहले तो वह समझा था, कि भईया, बाबू लोगों की हेल्प करते हैं, मगर बाद में पता
चला कि भइया भी हेल्प के पात्र थे। उनसे मैटर दिखवाने के लिए उनको पार्टी
देना पड़ता था। पार्टी भी दे दिया जाता, प्रिंस भैया के दुकान से समोसा लाकर।
शिवांग को बाद में पता चला, समोसा तो बस चखना है, उसके साथ जो है असली
मैटर वहीं अटकेगा, हिसाब लगा, और शिवांग के पास अस्सी के लिए भी गुल्लक
फोड़ना पड़ता।

आना माना दोष

यहाँ से निकला, एक बिजनेस आइडिया। बात यह थी, अब शिवांग छुट्टी के समय वहाँ उन भइया लोगों के साथ खड़ा होने लगा था। इससे क्लास के वो बच्चे, जिनको बस स्कूल आने, इंटरवल में बैठकर पेन फाइटर खेलने और उसी में अपना धौंस जमाने से मतलब था। वह अब शिवांग का भौकाल मानने लगे थे। बस वह भी अब उनको धमका या कभी फुसला कर थोड़ा बहुत पैसा "भाई जरा यार काम था कुछ!" करके बेवस्था करने लगा।

800 रूपया व्यवस्था हो गया। पार्टी हुआ। तीन लोग अमर सर की फिल्डिंग सैट कर दिए। अगले दिन वो जैसे स्कूल से अपने घर को निकलेंगे वहीं चौराहे के पहले, तीन लोग घेर कर हुमच देंगे और जाते-जाते कह देंगे "भोसड़ी के अउर लइकन के क्लास में मरबे?"

अगले दिन शिवांग थर्ड बेल में, हिंदी का क्लास ले रहा था।

"मैम, यह क्लास नाइन्थ है!" -प्यून।

सारे बच्चे दरवाजे पर देखने लगे, उन्हीं में से कुछ ने कहा "हाँ, अंकल!"

"शिवांग उपाध्याय को प्रिंसपल सर बुला रहे हैं!" -प्यून।

हिंदी वाली मैम "शिवांग उपाध्याय जाइये।"

शिवांग बेचारा अपना सारा कांड याद करता हुआ पीछे-पीछे चलने लगा "कहीं मम्मी आयी हैं क्या? अरे तब तो संजयवा(प्रिंसीपल) पूरा इतिहास भूगोल बतावे लगी, मैडम इनसे तो हम हार गये हैं।"

प्रिंसिपल ऑफिस में पहुँचा तो, अपने कुर्सी पर संजय सर बैठ, कोई रजिस्टर सही कर रहे थे और कोई भी नहीं।

"में आई कॉमिंग सर?"

"आइए बैठिए!" -सर।

टेबल के इस ओर शिवांग, उस ओर सर जी। सर ने चश्मा को नीचे कर उसको देखा, "आपको रिस्टीकेट किया जाता है।"

शिवांग का चेहरा धुआँ, "मतलब… क… क्यों?"

"आप स्कूल के बाहर,बाहर के लड़कों से, टीचर को मारने का प्लान बना रहे हैं।" -सर

शिवांग के दिमाग़ में स्पेशल 26 का डायलॉग पॉप-अप हुआ, "सर... हिंदुस्तान में गुनाह सोचने कि सजा नहीं होती।"

"मतलब आपने.... सोचा है?" -सर।

"ओह नो सर, वो तो..., क्या बताऊँ..., मैंने कुछ नहीं किया।"

"लैंडलाइन से फोन करके अपने फादर से कहिए आपको ले जाएँ।"

"सर किसने कहा आपसे? यह तो बता दीजिए।"

"आपसे क्या मतलब?"

सर ने डाँट कर कहा "टेक योअर बैग, एंड गेट आउट फ्रॉम दिस कैंपस।"

शिवांग रास्ते भर यह सोचते हुए कि, मम्मी से क्या कहना है? घर पर क्या बताना है? पर घर पर स्कूल वालों ने सब कुछ बता दिया था। घर पर बीमार माँ की हालात देख शिवांग को तरस भी आता, पर कुछ करना शिवांग के लिए जरूरी था, पर क्यों? क्योंकि उसके ईगो को हर्ट किया था, सर ने। विश्व की ईश्वर ने कितनी अच्छी प्रोग्रामिंग कर दी है, फिर भी इसके मदर बोर्ड में ईगो का वायरस जो है, पूरे कंप्यूटर को एक दिन क्रेश कर देगा।

7.

जिस स्कूल में शिवांग को जमा किया गया था, हाँ, जमा किया गया था। वह एफिलेटेड(सम्बद्ध) था, नोबल अकादमी से। नोबल अकादमी का मुक्तसर सा बॉयोडाटा। पहिली बात वहाँ के बच्चे, नोबल अकादमी के बच्चे ना होकर, एकेडमी के बच्चे कहे जाते थे। माताओं-पिताओं में कुख्यात, परंतु बालक-बालिकाओं में विख्यात। इसका भी सबका अपना-अपना जोड़-घटाना था। माताओं-पिताओं में बदनामी कि वजह थी "वहाँ के लइकिया कइसन ओठलाली लगा, स्कूटी उड़ावत जा लिन, अउर सारे लवंडे तो देश के लत्ता हवें, जबले देखऽ तब कोनो वह लतियावल जाई, कोनो यह।"

बालक-बालिकाओं में शोहरत इसलिए थी, ज्यादे तर बालको में, "वह स्कूलीया में, एतनि मस्त-मस्त कंटाप माल पढ़ेलिन।"

अब आप इसको बॉयोडाटा समझे या विषय प्रवेश। क्योंकि मेरे इतना इंक अधिकार नहीं कि झूठ में कुछु लिखूँ, क्योंकि जिस लड़के, सॉरी... सॉरी, हरामखोर लवंडे की कहानी मैं आपको सुना रहा था, अरे वही- शिवांग, याद आया? हाँ, तो इस लवंडे के दिमाग में, बिन मिन्टास खाये। एक आईडिया आया, "अ रेवोल्यूशनरी थॉट!"

इनका, किनका? शिवांग का! हाँ तो इनका स्कूल ज्ञान भरता था, लेकिन इस भरे हुए ज्ञान का डंपिंग ग्राउंड था, नोबल एकेडमी सीनियर सेकेंडरी स्कूल एफिलेटेड टू सी बी एस ई न्यू डेल्ही। नहीं समझ आया? समझा देते हैं, हमारे कहने का- अरे सॉरी, लिखने का- मतलब है, कि वह पढ़ने   विज़न साइंस जाते, पर पेपर होता नोबल में।

तो यह क्रांतिकारी विचार उर्फ रेवोल्यूशनरी आइडिया- यह था कि इनका रजिस्ट्रेशन तो हुआ था नोबल एकेडमी में। क्योंकि CBSE से एफ्फिलियेशन उस के

पास था और शहर भर के स्कूल अपने बोर्ड के बच्चों का रजिस्ट्रेशन वहीं से कराते, और 9th, 10th, 11th, 12th का परीक्षा वही कन्डक्ट करता।

शिवांग सोचे क्यों न स्कूलीये बदल दिया जाए। बदल दिया जाए, सोचना कैसा। एक्शन एंड रिफ्लेशन विदाउट, इंटरप्रिटेशन। इस स्कूल से तो वह रिस्टीकेट कर दिया गया है। थोड़ी मन्नत मिनोउती करें तो शायद भर्ती भी कर लें। पर काहे करें, बहाना है, घर पर कह देंगे यही एक ऑप्शन है, नहीं तो पढ़ेंगे ही नहीं। पढ़ाना तो है ही, तो घर वाले पढ़ाएँ एकैडमी में।

इसमें कोई खास झंझट नहीं था। दिसंबर में कांड हुआ था, रेस्टीकेट वाला, हाँ। फरवरी लास्ट में एग्जाम होने लगता है: एनुअल, एग्जाम तो देने जाना ही है, उसी समय बात कर लेगा, कौन नहीं चाहता उसके स्कूल में नया एडमिशन हो।

घर पर जब पता चला कि शिवांग को रेस्टीकेट कर दिया गया है, तो वही जो परिवार में होता है, हुआ। शिवांग के भविष्य को देखते हुए निराशा छा गयी। जैसा कि इंडियन मिडल क्लास में होता है, पापा-मम्मी महीने में एक बार यह घुट्टी देते हैं, "अरे सारे पढ़ ले, नाहीं तो घास छीलबे, आरक्षणों नाहीं मिली।" एक बीमार और जैसा कि हर परिवार में होता है, घर खर्च में कुछ बचाने वाली माँ के लिए, एक ऐसा पहाड़ टूट कर उनके झुके पीठ पर गिरा की पीठ "कट.." करके और बैठ गयी।

करीब महीने भर शिवांग एक कमरे में पड़ा रहा, परेशानी, खींझ, कल क्या होगा? कुछ होता ही नहीं, इन सबको ओढ़ या इन सबको पहन वह दिन भर घर में रहता और शाम को धीरे से बैट उठाकर, गेट धीमे से खोलता और खेलने चला जाता। इसी बीच आया था यह क्रांतिकारी विचार, घर वाले भी "मरता क्या न करता" वाले स्थिति में थे।

ऊपर से आदमी का दिमाग। अगर सही करने जाओ तो साले को फुसला के लगाना पड़ता है और उसमें भी इधर-उधर बीस काम याद आएगा। लेकिन खुरापात में, बिन बुलाये, कुदाल टांगी लेकर बेगारी बिना, दिन भर मजदूरी। पर एको बार मुँह से नहीं निकलता "भाई बहुत हुआ?"

8.

एनुअल एग्जाम शुरू हो गये थे। सीटिंग अरेजमेंट कुछ ऐसा था। एक कमरे में सीट के तीन रो, बाएँ-बीच-दाएँ, एक सीट पर तीन लोग 10th, 9th, 11th मतलब की बाएँ बैठता दस वाला बच्चा, बीच में 9th वाला फिर दाएँ 11th वाला।

शिवांग का यूनिफार्म, व्हाइट शर्ट व्हाइट पैंट, काले बैकग्राउंड पर, लाल धारी वाला टाई बेल्ट, ब्लैक शु, अटपटा लग रहा है ना? समझा रहे हैं... बात यह थी कि जिस स्कूल में शिवांग पढ़ता था, वहाँ का ड्रेस अलग था और जहाँ पेपर हो रहा था वहाँ का अलग और पेपर के वक़्त CBSE को रिकॉर्डिंग देना पड़ता है तो ऐसा न लगे कि फुलवारी की रिकॉर्डिंग, मतलब कई स्कूल का कई ड्रेस CBSE वालों को स्ट्रेस ना दे दे, इसलिए कॉमन ड्रेस यही था।

शिवांग उपाध्याय भारत के कुछ उन रत्नों में हैं, जो एग्जाम हाल में बैठकर, आंसर सीट पाने के बाद, नाम रोल नंबर डाल कर, सब्जेक्ट कॉलम को देखते हुए सामने वाले से पूछते थे, "भाई.... सुनो यार भाई, ये बताओ पेपर किसका है?" पराक्रम देख रहे हैं न लड़के का?

जियोग्राफी का पेपर था जो कि हो गया, कैसा हुआ ये देने वाले को फिक्र नहीं तो आप जान कर क्या करेंगे? बस हो गया। क्लास के ज्यादे तर लड़के-लड़कियाँ जब एग्जाम हॉल से निकलते ही, "यार तुम्हें यह वाला आ रहा था?" "....मैं तो याद किया था पर टाइम नहीं मिला!" ऐसे सवाल पूछते।

उस समय शिवांग निकलता नल पर बलभर पानी पीता है, मुँह पर छींटे मारता, बाल को पानी से सेट करता और इतने में अगर कोई पूछ लेता "अरे भाई कैसा हुआ पेपर?" तो कहता, सन्तुष्टि में, "बाबा लिखे सब हैं, चेक करने वाला कितना समझदार है, ई हमारे हाथ में नाहीं।"

कायदे से आज भी उसे यही करना चाहिए, पर आज एक काम है। उसको

बात करनी थी अपने एड्मिसन की। खोजते-खोजते प्रिंसिपल ऑफिस आया, "मे आई कमिंग सर?" -शिवांग।

एक पतला आदमी, मेज के उस ओर बैठकर, लैपटॉप से आँख हटा, उसको देखते हुए बोला

"या कमिंग!"

"सर माइसेल्फ शिवांग उपाध्याय, फ्रॉम विज़न साइंस, मुझे इस स्कूल में ट्रांसफर लेना है तो व्हाट इज प्रोसीजर?"

चेहरे पर हल्की मुस्कुराहट फैलाते हुए सर -

"देखिए शिवांग जी, आप विज़न साइंस से नहीं हैं, टेक्नीकली यु आर स्टूडेंट ऑफ दिस स्कूल कॉज़ योर हाइस्कूल फॉर्म इंडीकेट दैट यू आर स्टूडेंट ऑफ नवल्स एकैडमी।"

"तो क्या सर मैं क्लास भी यहाँ कर सकता हूँ?"

मुस्कुराहट के साथ सर को हिलाते हुए, "नहीं-नहीं बोर्ड के लेवल पर यहाँ पढ़ते हैं पर स्कूल के लेवल पर वहीं के स्टूडेंट हैं, हाँ, अगर आप नेक्स्ट ईयर यहाँ एडमिशन लेते हैं तो फिर आप यहाँ के स्टूडेंट हो जायेंगे।"

"ओके सर थैंक यू, व्हाट्स योर 10th मंथली फीस?"

"उसके लिए फीस काउंटर पर चले जाइये, मैम आपको सब समझा देंगी।"

जोड़ घटा के इंग्लिश बोलने के बाद शिवांग फीस काउंटर के पास गया ।

अभी तक शिवांग जहाँ पढ़ता था, वहाँ महीने की फीस थी ₹ 1100 और यहाँ पर लगता ₹1800 महीना, मामला गया फँस। घर पर किस तरह समझाना है शिवांग का दिमाग तरकीबो की फ़ाइल उलट रहा था। तभी मिला "आइडिया"

अठारह सौ फीस थी मंथली, एडमिशन चार्ज, छः हज़ार, अभी उसके स्कूल में था दस हज़ार एडमिशन चार्ज, ग्यारह सौ मंथली और दो हज़ार रुपये बोर्ड चार्ज, अब यहाँ यह बात कुछ बैठ सकती थी, घरवालों को बड़ा फिगर दिखाना है, एनुअल का, यहाँ इतना फीस है, और इसके पास अफिलिएसन भी है। अभी तक उसका साल भर का फीस आता था, तेईस हज़ार रुपये और इस स्कूल का था, चौबीस हज़ार रुपये, विथ अफिलिएसन ।

बच्चे समझते हैं किकि उनकी बुद्धि घरवालों को मुर्ख बना दी, पर काम ममता

ने किया होता है।

सब हिसाब लगाते हुए वह टॉयलेट की तरफ गया, इतनी भयंकर बदबू थी कि जिप खोलते हुए, साँस रोकना पड़ा।

इस स्कूल में नल के पास वाले टॉयलेट को छोड़कर सब कुछ बढ़िया था। नैरो बॉटम पेंट लोग पहनते थे, टाई भी कॉलर के नीचे लटकती थी, मौज ही मौज, फ्रीडम।

कभी-कभी हमें मज़ा आता है। खूब आता है, पर हमें पता नहीं होता कि हम अपने खाज को खुजला रहे होते हैं।

9.

"छोटपन से लेकर आज तक, तीन स्कूल बदल चुकला, जेवियर्स में ही बस तनी दिमाग लगल रहे।"

"अरे मम्मी फिर शुरू कइली, सुना बतिया पहिले।"

"हम्मे कुछ ने सुनावा 'अब्बे तोहार दादा(पापा) अइहें वन्हि के सुनाय, जेवियर्स से, टी एन में गइला, उहाँ से रोज़ ओरहन' आप के बच्चे का काम नहीं पूरा है, पढ़ता नहीं, अरे स्कूलीया वालन के दोष है, लड़कवे चूल्हा के झोंके लायक बा, तऽ स्कूलीया थोड़ी घोर के पियाई।"

"बै मम्मी हमेशा अपने बात ऊपर रक्खे ली।"

"हम कहत हई ने हमसे कुछ ने कहा, बहुत काम बा अभिन कीचन में।"

शिवांग की मम्मी कमरे में से ऐसे बोलते हुए चली गयी।

"कब्बो सोचलें नाहीं, एक-एक पईसा माई-दादा कहाँ से लावे लें, अपने बस फरमान देवे के बा, दिन भर बल्ला घुमाबेले यह मोहल्ला वह मोहल्ला।"

आगन में बैठकर चाय का प्राइपिन स्क्रबर से खुरचते हुए शिवांग की मम्मी भून-भुना रही थी, शिवांग के भाषा में "बड़बड़ा" रही थी।

मामला गया फँस मम्मी को मनाना पापा को मनाने से ज्यादा जरूरी। पापा कैशियर थे बैंक में भी घर में भी, लेकिन मम्मी मैनेजर केवल घर में, फण्ड ट्रांसफर करने का साइन वही करती, तभी कैशियर साहब निकालते पईसा।

चाहे नार्मल हो या ऑपरेशन से, एडमिशन तो शिवांग को भी पता है कि होना है। नार्मल मतलब एक बार का दर्द, ऑपरेशन जब तक पढ़ो तब तक साँसत, नार्मल मतलब कुछ दिन भरपूर ताकत लगाना पड़ेगा तब होगा, क्या होगा? एडमिशन। आप गलत डायरेक्शन में मत जाइए।

आना माना दोष

घरवाले एकदम तबाह हो चुके थे, क्या करना है। यह पढ़ता ही नहीं। बड़ा भाई यह है इसका यही लक्षण है तो छोटका वाला तो अभिन जन्मठाड़ होत बा।"

शिवांग ने नार्मल वाला ऑप्शन ठीक समझा, शुरू किया बहुत छोटी बातों पर ध्यान दिला कर।" अरे यार मम्मी यहाँ ड्रेस भी नहीं बदलना पड़ेगा, और रही बात दस के कॉपी-किताब के, एक भइया से बात कर लिये हैं, भैया दे दिहे।"

शिवांग का कमरा और गेस्ट रूम दोनों एक ही था। रहता भी वह गेस्ट के जैसे। अरे मतलब । सुबह सात बजे स्कूल, ढाई बजे आकर खाना खाता और देखता रहता कि धूप थोड़ा-सा कम हो, जैसे साढ़े तीन होता कि भाग जाता बेट लेकर क्रिकेट खेलने। 6:30 तक क्रिकेट होता, आधा घंटा "भोसड़ी के सत्यमवा हउ कैचवा ना हीं छोड़त तो हमन के जीता रहती। आज जौन जौन बाल फेकें की अमभुज भइया के हवईये नाहीं लगा,पूरा ओवर खड़े खड़े रही गईन।"

ग्राउंड के बगल वाले घर से इसी बीच आवाज आता "हे! अमितवा....... पापा आवत होइए रे....!" धीरे-धीरे सात बजे तक रह जाता खाली मैदान, और ईंटे का विकेट।

तो मैं क्या बता रहा था? शिवांग का कमरा और शिवांग के पापा का कमरा सटा हुआ था। पापा उसके सुबह पाँच बजे उठ जाते थे और शिवांग भी छः बजे तक उठ जाता।

पर आज पापा उठे तो देखे शिवांग के कमरे का लाइट जल रहा है, कमरे का दरवाजा हल्का-सा खुला था दरवाजे के उस पार था उसका बेड, उसके पापा बिन दरवाजा डिस्टर्ब किये इस तरफ से जितना देख सकते थे देख रहे थे।

यह क्या कर रहा है आज सुबह बिस्तर पर बैठकर। पापा जी इसको कन्फर्म करने के लिए दरवाजा के और पास आकर देखने लगे, कोई किताब खुली थी उसके आगे। "अच्छा लड़का पढ़ रहा है!" बेचारे पिता जी भावुक, आज ऑफिस जाते हुए हनुमान गढ़ी में लड्डू चढ़ायेंगे, एक पाव।

शिवांग पढ़ क्या रहा था, इससे न उसको मतलब तो आप क्या करेंगे, जान के? मगर वह क्यों पढ़ रहा था इसका अंदाजा आप लगा सकते हैं। अरे भूल गये। स्कूल में एडमिशन के लिये। पिता जी पर, वह क्या कहते हैं, पॉजिटिव इम्पेक्ट डालने के लिए। मतलब की मस्का मार रहा था। उसको पता था कि उसके बाप उठेंगे ऐन टाइम पर सूर्य देवता के साथ । और वह दरवाजा के तरफ पीठ करके

इसलिए बैठा था, कि उन्हें उसका हाव-भाव न दिखे, बस दिखे की वह पढ़ रहा है।

पर सोलह साल के शिवांग को यह बिल्कुल भी अंदाजा नहीं था कि वह है प्रोडक्ट, और उसके बाप हैं मैन्युफैक्चरर। जहाँ उसकी बुद्धि थक कर जमाही लेती है, वहाँ से वह सोचना शुरू करते हैं।

घुस गये कमरे में "का हो काओ पढ़त हो... आज सुबह-सुबह ,हम तो जुड़ा गईली, सूरज कोने दिशा से निकल गे।"

लेकिन उनकी नज़र पड़ी किताब पर, किताब थी मैथ, और मैथ बस किताब से नहीं पढ़ा जाता है, वहाँ कॉपी की जरूरत वैसे ही पड़ती है जैसे सब्जी बनाने के लिए, कड़ाही की। पिता जी, पिता जी थे, भाप गये।

पापा– "शकुंतला देवी का नाम सुने हो बेटा?"

शिवांग- "ई के हवे?"

पापा- "सारे... पढ़े ले का रे?"

शिवांग सकपका कर -

"ऊ कोनो डकैत रहीं ने?"

पापा- "हाँ तोर भगिया उहे तो लुटिस है।" ('तुम्हारा भाग्य वही तो लूटी है')

"गणितज्ञ रही, कुल सवाल दिमाग में लगा के उत्तर निकाल दे, तुहु बिन कॉपी के लगावत आटा। हमें लगल जानत होबा?"

शिवांग सकुचाया हुआ देख रहा था। पिता जी उसके कान को पकड़ते हुए, "साला चूतिया समझता है।"

उसको कुछ देर घूरे और चले गये।

शिवांग मुँह बनाये हुए बैठा रहा

सुबह-सुबह लात खाने की पीड़ा मैं बयाँ नहीं कर सकता पर महसूस आप भी कर सकते हैं और मैं भी। एक अलौकिक नुकसान यहाँ हो गया, हनुमान जी का।

10.

जैसा कि मैंने कहा था, एडमिशन हो गया। होना ही था। पुराने स्कूल में इनके एटेंडेंस से ज्यादा शिकायत थी। मम्मी को जाना पड़ता लेकिन मम्मी या घर से कोई जाकर कहता "अरे सर अब से हम ध्यान देंगे!" तो कोई दिक़्क़त नहीं आती एडमिशन में, पर बताए न कि घर वाले तबाह हो गये थे। आखिरी में कह ही दिये "हमार जौन फ़र्ज़ बा कइ देत ही, पढबा तो अपने क़रतिन नाहीं पढबा तो अपने करतिन।"

शिवांग जूता का ब्रश उठाकर आठ बजे से रगड़े जा रहा था, वहीं, कहीं और नहीं, जूते पर। अरे आपको नहीं बताया उसका आज उस स्कूल का पहला दिन है। लेकिन ये साला सोल पर पता नहीं कैसा सफेद निशान पड़ा है, छूट ही नहीं रहा है। कपड़े पर हल्का तेल लगा कर भी साफ किया, पर तेल जैसे सूखता वो फिर उभर आता। नौ बजे का स्कूल, ऊपर से बीस मिनट इस जूते पर हो गये, फिजूल। हो देखो ई तो कविता हो गया। जाने दीजिए इस पर बात नहीं करेंगे। हाँ तो वह झल्ला कर जूता रख दिया।

एक और आफत ड़ा, मोजा पता नहीं कहाँ रखाया है।

"अरे यार मम्मी मोजवा देखली!" शिवांग ने कमरे से मम्मी को आवाज दी।

"अपने एक काम नाही करेक बा,

जब दुआर पर आइल बारात

तब समधी के लागल हगवास!"

कहत ही कलिहे से खोज के रख ला, लेकिन बाबू के कहाँ होश, आइल बाटी जौन हम पकड़ कर।"

मम्मी कमरे भर का रैक खोजते हुए भून-भुनाती "शिवा... अंग......!"

बाहर से आवाज आयी।

"आ गये भाई बस दो मिनट।"

अंदर से वह बोला।

यह अमन है, जो कि उसके मोहल्ले का ही था, नोबल का स्टूडेंट। उससे शिवांग ने कल बात करके कहा था कि "भाई कल स्कूल जाना तो हमको भी ले लेना।"

मम्मी- "वहीं पॉलीथिन में कुछ मोजा बा, कोनो पहिन के आज चल जा अब्बे फुर्सत मिली तो खोजत हई।"

एक पॉलीथिन को जिसमें कई मोजे बाँध के रखे हुए थे, उसमें से ही सफेद रंग का मोजा, जो कि नील लगते-लगते, सफेद से नीला होने के तरफ बढ़ रहा था। उसको निकाल कर पहना तो ये लो मोजे पर चप्पल पहन वह कीचन के पास में पहुँचा, जहाँ मम्मी जल्दी-जल्दी तवे पर रोटी पलटते हुए, शिवांग के टिफिन में घी लगाकर रख रही थी। तभी झुंझला कर उसने बोला

"यार यह में लास्टिकवे नाही बा!"

"कोनो तोहार पेंटवा पैंटवा उठा कर देखी का, जा अइसे।"

मोजे में रबड़ लगा कर टिफिन को बैग में रखते हुए, वह बाहर आया।

साइकिल को निकालते हुए शिवांग "और भाई।"

"अरे यार ऐसे!" उसके पैर के तरफ इशारा करते हुए अमन।

"भक सार!" शिवांग फिर घर में गया जूता पहन कर आया।

ब्लैक टाल हैंडसम, रेड कलर की रेंजर साइकिल के साथ अमन ।

अमन ने शिवांग को रास्ते में एक और लड़के से मिलवाया, जो कि अभियेन्द्र था।

अमन जहाँ धीर-गम्भीर, वहीं अभियेन्द्र खुरापाती।

अमन और अभियेन्द्र की साइकिल एक साथ चल रही थी, पैरलल, पर शिवांग रस्ते के चौड़ाई-लंबाई देखते हुए, आगे-पीछे करता रहता। जैसे तीनों स्कूल के रास्ते पर पहुँचे बहुत से और लड़के उनको मिलने लगे।

शिवांग क्लास में पहुँच, बिन किसी से मिले क्लास के दाएँ रो में लगे आगे

के सेकंड सीट पर अपना बैग खिसका कर बैठ गया। क्लास में मुश्किल से अभी दस-पाँच बच्चे ही आये थे, असैम्बली में अभी टाइम ज्यादा था।

इतने में एक लड़की आयी अपना बैग अभी सीट पर उतार ही रही थी कि अभियेन्द्र ने कहा

"अरे यार सुष्मिता, पार्टी ही दे डालती।"

"मेरे से किस बात की पार्टी बे।" -सुष्मिता।

शिवांग आवाज सुनते ही चौंक गया। सोच कर मन ही मन हँसने लगा। उसका शरीर हँसी से हिल रहा था। कंट्रोल कैसे करे, "अरि बाप लईकिया "बे" कहतिया, और ई सारे दलिद्दर के तमीज नाही है, लड़की से पार्टी माँगे चाही?"

फेमिनिस्ट वाले, प्रोग्रेसिव वाले कह सकते हैं "हाऊ चीप दैट बॉय इज, यह जेंडर डिफरेंस करता है।" पर हम कसम खाकर बता रहे हैं। इसकी गलती कत्तई नहीं है।

जिस स्कूल का पढ़ा यह लड़का है, वहाँ लड़का-लड़की में कोई बात तभी होता, जब सर किसी तेज लड़की से कहते अपना कॉपी फला लड़के को दे दो।

इसके अलावा अगर कोई लड़का-लड़की से बात कर लेता, तो विश्वास करिए वो भारत रत्न के लिए दावेदार है। एक घटना बताते हैं।

एक बार शिवांग छुट्टी के समय तीन-चार दोस्तों के साथ स्कूल से निकल रहा था, दाएँ तरफ, दो लड़के उसके साथ चल रहे थे, बाएँ तरफ एक दोस्त साइकिल से, दाएँ वाले लड़कों से बात करता हुआ वह अपना हाथ दाएँ तरफ साइकिल के हैंडल पर रख दिया, हैंडल पर हाथ उसे कुछ ज्यादे मुलायम मालूम हुआ, पलट कर देखा, उसके क्लास की कन्या। मुँह बनाकर उसे घूर रही थी। शिवांग ने हाथ जोड़ कर, मुँह को दयनीय स्थिति में बनाते हुए "सॉरी" कहा लेकिन फिर भी दो दिन तक बेचारा सकपकाता रहा।

अब आप ही बताइए ऐसे कमजोर दिल और संस्कारी आदमी के सामने ऐसी आसांस्कृतिक घटना। उसे कैसे पच सकती थी।

हाँ, तो शिवांग सीट पर बैठा था। उसे भान हुआ कि पीछे उसके ही बारे में बात चल रहा है, बेचारा वह सीट से उठना नहीं चाहता था, मगर ऐसे कैसे बैठे रहे। एक कॉपी निकालने के लिए बैग की तरफ मुड़ा, तभी कानों में मनोरम आवाज

पड़ी।

"हैलो माइसेल्फ दिव्या पाठक एंड योर्स?"

सकपका कर मुड़ा तो देखा एक लड़की हाथ मिलाने की अवस्था में प्रकट हो गयी है।

"शि... शिवांग उपाध्याय!" बोल दिया पर कृत्य कैसे करे?

"फ्रॉम व्हिच स्कूल?" सिर को बातों के साथ हिलाते हुए बोली और मामले की गम्भीरता समझ अपना हाथ पीछे खींच ली।

"विज़न साइंस!"

"ओहके ओहके!" बोलकर फिर पीछे अपने दोस्तों के पास चली गयी।

अभी जो गुजरा था, उसके बारे में सोचते हुए, वह अपने हाथ से बाल ठीक किया, और उठ कर अमन के कान में "भाई चलोगे बाहर?" बोला।

11.

क्रिकेट मैच कि हाई लाइट में सबसे पहले मैच का पहला बॉल दिखाया जाता है, भले वह डॉट ही हो। उसके बाद चौका-छक्का-विकेट। इसलिए शिवांग का फर्स्ट डे ऑफ स्कूल मैंने प्रसारित कर दिया, अब बस चौका, छक्का और विकेट मतलब हाई लाइट।

शिवांग अभी अधजागे और अधसोए हुए अवस्था में था कि उसको अपने गले में गड़न महसूस हुई, पूरा जाग कर जाना कि बुखार हो गया है। अगर यही बात 4-5 महीने पहले हुई होती, तो वो मन से मगन और तन से और बीमार हो जाता और मम्मी से कहता भर्राई आवाज में "मम्मी जरा देखा, बुखार बा?"

मम्मी पहिले माथा, छूती, हाथ को देखती, "हाँ हो खा ला पियाला नाहीं तो का होई?"

यही बात सुन के वह ब्रश करने लगता और तभी मम्मी कहतीं "जाए दे स्कूल ने जो(जाओ) आज!" आह बस, इतना प्यारा, मिट्टी गोली की तरह, लगता वह बात उसको। भले देह कितनो तपे पर दिल को ठंडक।

पर दिन बदल गये थे, अच्छे दिन आ गये थे। देश के आये हो ना आये हो पर, शिवांग के तो आ ही गये थे। नया स्कूल, एक महीना अभी सेशन शुरू हुए मुश्किल से हुआ था। उसमें भी वह थोड़ा-बहुत सब्जेक्ट सम्भाल लेता, जैसा कि शिवांग के भूत पूर्व ट्यूशन मास्टर कह चुके थे कि "बदमाश के पास बुद्धि बहुत है, पर गलत जगह लगाता है।" उसी तरह आप भी जान लीजिए कि बुद्धि अभी नया स्कूल के नाते सही जगह लग रही थी। इस स्कूल का सबकुछ अलग था, यहाँ गेम के लिए अलग बेल, फील्ड बड़ा था। जिसमें इंटरवल भर या उसके दस-पाँच मिनट बाद तक जब तक टीचर कह न दे, "आपलोग क्लास में जाइये!" तब तक भोसड़ी के तुहु जानत हो, इनके टिकेटवा कइसे मिला है, बीजेपी के, फला गव्वा में,

बल्ली(बाँस) बराबर मार खाये रहिन, कुल राजनीति गाँड़ी में घुस गय रहा !" यही होता रहता और शिवांग को इसी में आता मजा।

एक लड़का जिसके भइया समाजवादी पार्टी के जिला अध्यक्ष थे, क्योंकि उसके भइया सत्ताधारी (राज्य में अभी समाजवादी की सरकार थी, और केंद्र में बीजेपी) पार्टी के जिलाध्यक्ष थे और नहीं भी होते तब भी उसके कुंडली में भौकाल लेना लिखा था। जैसा कि सभी लड़कों में होता है, वह भी लड़कियों के बीच भौकाल बनाना चाहता था, पर उसको पता नहीं था कि कटोरी में दाल डाली जाती है, रोटी नहीं। लड़कियों के सामने, लड़कियों लायक भौकाल लो। गाड़ी का, पैसा का, खुरापात का। उस बेचारी से ब्लॉक प्रमुखी के चुनाव में निर्विरोध जीतने की स्ट्रेटजी का बात करोगे, तो वो सोलह साल की बालिका कितना समझेगी और क्या समझेगी? पर इनको यह समझ नहीं आता। यह झारे रहते, वो सब भी बेचारी इनका मन रखने के लिए अपना मन मार लेतीं लेकिन अगर यही बात छोड़ दे तो लड़का हीरा था। आपको मदद चाहिए, वो करेगा। उसके पास मोबाइल भी था। आप जब तक उसके साथ हैं, वह आपको देगा मोबाइल। बाइक भी था वह भी अपाचे, भौकाल में आप कभी घोंघियान चाहे तो मिल जाता। पढ़ाई-लिखाई में भी एक नम्बर और इसका नमवा नहीं बताये है ना? हाँ, आदित्य यादव।

एक ग्रुप जिसमें अमन, अभिषेक, आदित्य और शिवांग थे। शिवांग और अमन, एक साथ एक मोहल्ले से निकलते, अभियेन्द्र को लेते, अभियेन्द्र अमन और शिवांग पहुँचते स्कूल के एक घंटा पहले आदित्य के घर। पहिले दस मिनट बकैती करता, फिर अमन कहता "अच्छा जा भाई जल्दी तैयार हो !" फिर तैयार होकर जूता बिन पहने आता "अरे बाबा ई बतिया नाहीं बतायं?" वो बात पूरा करता, फिर फाइनली फॉग का सेंट लगा, बेग लेकर, तीनों साइकिल वहीं खड़ा करते और वहाँ से पैदल स्कूल।

शिवांग जो कि इस स्कूल में आने के बाद, पुराने वाले दोस्तों से बताया, "बाबा वह बहुत मस्त बा, टीचरवे मस्त पढ़ाईबो करेलिन, मरबो नाहीं करेलिन !" कुछ बच्चें यह जान कर "कोनो माल-वाल होंगी टाइट?" इस स्कूल में भर्ती हो गये थे, सबका नाम जान के क्या करेंगे? अजय, जो कि डांस बहुत गर्दा करता था, प्रिंस और आकाश भी इसी प्रजाति के थे। देवाशीष जो कि ऐसा होना चाहते थे। मतलब वह भी डांस करना चाहते थे। कुल मिला जुला के उस स्कूल का शिवांग ने एक

लाख अठारह हज़ार का नुकसान करवा दिया था, छः लड़के स्कूल छोड़ दिए थे।

अजय और शिवांग, अगर कोई बेस्ट फ्रेंड होता है, तो कह सकते हैं, हालाँकि यह खुद भी नहीं जानते थे कि यह बेस्ट फ्रेंड है। हमारा जिसके साथ सबसे पास का रिश्ता रहता है, शायद वहाँ हम औपचारिक नहीं होते, उससे मेरा कुछ है यह क्या है? इसको भाषा दो, यह सोचने का समय उसके साथ नहीं रहता।

दोनों स्कूल भर घूमकर, कहीं ग्रुप दिखता खड़ा, मीटिंग करते हुए, "हे-हे चल-चल वहाँ मजा लिया जाये!" हँसते हुए "बैठा हइन कुल गुट बनाई के।"

अरे भाई, वहाँ शिवांग को बुखार है और हम-आपको कहानी सुना रहे हैं, अरे सॉरी..., पढ़ा रहे हैं।

हाँ, तो अब दिन बदल गये थे, शिवांग बिस्तर से उठते हुए जान गया कि मामला ख़राब है। पूरे शरीर में दर्द था। चप्पल बिन पहने मम्मी के पास जा ही रहा था कि पापा दाढ़ी बनाते हुए, टोक दिये "चप्पलवा बेच दिए का रे?"

"अरे यार पापा इतना तेज बुखार बा... देख नहीं रहे हैं?"

"बुखार दिखाई देला का?" जवाब वाजिब था।

किचन के दरवाजे पर खड़ा शिवांग, "है मम्मी कोनो दवा है?"

"विक्स बा परसवा(पर्स) में, आव देखी।"

मम्मी ने छुआ, सचमुच देह गरम था

"आज स्कूल ने(नहीं) जा, तपत बाटा।"

"मैम बहुत लिखवावत हिन, छूट जाई, नाहीं जाब तो।"

एक हाथ शेविंग करते हुए ठिठक गया, यह पापा थे। शिवांग के तरफ देखकर बोले

"आज ते सहिये बीमार लागत है।"

मम्मी हँसने लगी, "आवा हमार बच्चा, नजर ने लागे आज मंगर(मंगलवार) है, ई सुख कहाँ सोचले रहली हम ई जनम में।" - मम्मी ने शिवांग को चिढ़ाते हुए कहा, "चला चला अब देखावा ने।" शिवांग।

12.

अदरक पीस कर डालते हुए, शिवांग सोचा, "चीनी डालें हैं कि नहीं चायपत्ती के बाद..... शायद डाला हूँ और नाहीं पड़ा होई तो अब्बे चीख के (स्वाद लेकर) डाल देब।"

सुबह अभी शिवांग उठा ही था कि मम्मी कह दी थी "हे चाय बना दे तऽ, पापा के जाएक बा स्टेडियम।"

हाँ भाई, आप क्या समझे कि यह हरामी है। चाय बनाना भी नहीं आता होगा, चाय बना लेता है, और मन से बनाये तो अच्छा भी बनेगा। लेकिन जबरदस्ती डंडा करके बनवाएँ तो कोनो भरोसा नाहीं पानी चीनी औऱ दूध उबाल कर मिल जाए जिसको आप चाय कह कर दिल को संतोष दे सकते हैं।

सोच कर क्या उठा था? फँस किसमें गया? बेचारा कल से बेवस्था में लगा है कि दीपक भइया के बाइक से आज प्रपोज कर ही देंगे। तीन दिन से बेचारा पहुँच पहुँच कर। कैसे करना है? इसका प्रैक्टिस करके, फिर पीछे मुड़ना है कि नहीं? सोच कर जाता है पर वहाँ पहुँच कर धुआँ, पर आज एक चालिस वाला सिल्क लेकर (डेरी मिल्क सिल्क साठ का था, इसलिए फ्रूट एंड नट ही ठीक) और एक कागज पर स्केच पेन से I LOVE YOU लिख उसके साइकिल के बास्केट में फेंक देना है..... यह शिवांग सोच लिया था।

किसके बास्केट में? अरे यार आपको तो बताये ही नहीं। शिवांग की भी, क्या कहते हैं? .....क्रश थी। कब ? ....कहाँ? ...बता रहे हैं, बता रहे हैं .....उहे जो स्कूलवा छोड़ कर वह भागा था, उसी में एक लड़की थी। मतलब, लड़कियाँ तो बहुत थीं पर शिवांग जिसे प्रपोज करने वाला है उसकी बात, उसको शिवांग लाइक करता था। वह भी अभी तक समझ नहीं पाया था, बस कभी-कभी जब वह हाथ धुलने जाती तो वह भी तुरंत, लंच खत्म हुआ रहे चाहे न, पर हाथ धुलने चल देता।

वह अपने तीन-चार दोस्त के साथ जाती, पर शिवांग अकेले या किसी के साथ लग कर, दो-दो सीढ़ी कूदता (कि उससे पहले पहुँच जाएँ) और पहुँचकर देर तक वहीं खड़ा रहता। जब वो कुछ दूर होती, ताड़ कर (देख कर) खुद नल छोड़कर इस भाव के साथ कि "पहले तुम पी लो!" पीछे हट जाता।इससे दिखता है, सेक्रिफाइज, त्याग। आज नल छोड़ रहा है, कल महल छोड़ सकता है।

इतना खुरापात अभी तक शिवांग के लाइफ में हो रहा था कि हमें होश ही नहीं आया कि आपको भी बता दें "शिवांग इज इन लव!" पर अब जान गये न? अच्छा शिवांग का चेहरा-मोहरा तो आप जानते ही नहीं, तो ई लवंडा, दुबला-पतला, साँवला कह दें तो साँवले की बेज्जती, करिया था, रंग भेद फैला रहे हैं ? ...चलिए भूरे में काला शेड मिलाकर देखिए, वही था। क्लास में फर्स्ट वो बस इसी बात में था कि लाइन में सबसे पहले लगता, सबसे छोटी हाइट थी। मैं यह नहीं कहूँगा कि वह नाटा है, पर शायद उसके क्लास वाले हेड़ा-पाड़ा के तरह कुछ ज्यादै हो गये थे। जब भी असैम्बली वाली लाइन लगती आगे इसी को खड़ा होना पड़ता। कोई अगर इसके हइट को लेकर मजा लेता तो "भोसड़ी के जहाँ से हम शुरू होइला वहीं से क्लास नाइनथिओ भी शुरू होला!" कह कर संतोष कर लेता या कह सकते है, संतोष करना पड़ता।

हाँ! तो यही लड़का प्रेम निवेदित करने जा रहा है, पर किसको? मुस्कान को, हाँ अब बता दें कि यह लड़की "क्रश ऑफ दी क्लास थी!" लोग कहते हैं कि नाम में क्या रखा है। पर, भगवान कसम (अगर भगवान ज़िंदा हैं) इस लड़की का नाम इसको डिफाइन कर रहा था। दाएँ तरफ हँसने पर दाँत के ऊपर वाला दाँत दिखता, क्या लिखे? गोरी जैसे रेत पर भोर की किरण पड़ रही है, लंबे बाल, दो चोटी, हँसती तो कई दिल रोने लगते।

अब आप पूरा सीन समझ रहे होंगे, लेकिन शिवांग इसके लिए ही दो साल से नेट प्रैक्टिस कर रहा है। आज पर फाइनल, भइया जैसा कहे थे, "ढेला मारो आम पका होई तो तुरंत गिर जाई, नाहीं तो समझ लो अभी कच्चा बा।" पर सवाल यह भी है, कि अभी ही क्यों प्रपोज करने जा रहा है। वह इसलिए कि अब तो स्कूल दूसरा था, तो शिकायत यहाँ से वहाँ नहीं जाती और इस स्कूल में वह कुछ लड़कियों से बात करके हँसना-हँसाना या कंफर्टेबल होना सीख लिया था और यह भी कि प्रपोज करना कोई इतनी बड़ी बात नहीं, इस स्कूल में लोगों के फ्रेंड रहे ना रहे गर्लफ्रेंड जरूर रहती है।

एक और लफड़ा था, कि लड़की को बहुत लोग लाइक करते थे। तो बवाल होने का डर, कुछ जो क्लास के जगलर थे उनसे हो जाता मैटर पर अमर सर के बवाल के बाद उसका खुद एरिया में थोड़ा भइया लोगों से परिचय हो गया था। वह भी कह रहे थे "करा जाए के प्रपोज यार, के बोली तोहके, मुँहा में मूत नाहीं देब!" बस नया खून, जानते ही हैं?

लेकिन आप ही बताइए? इतना सारा जुगाड़ लगा कर, वह कर क्या रहा है। "चाय में चीनी पड़ा कि नहीं पड़ा इसकी चिंता!" पर अब चाय छन गयी थी।

कपड़ा पहन, गार्नियर लाइट मेन से मुँह धुल। पॉकेट डिओ लगा, हाथ में एक किताब लिए वह धीमे से सरक ही रहा था कि पीछे से मम्मी "कहाँ जात है रे, होई गे तोर जून(समय), आज छुट्टी है तो सुबहिये निकल जा।"

"अरे यार मम्मी आवत ही बस इहे अभियेन्द्र इहाँ से।"

"जा पापा आवत होइहें ओकरे पहिले लौट आवे।"

महीने का आखिरी शनिवार था, तो शिवांग कि थी छुट्टी।

यह पुराना वाला स्कूल "विज़न साइंस" एक गली में था, जो सीधा उस स्कूल में ही जाती। वह गली एक मेन रोड के ओर खुलती, उसी रोड पर सुबह स्कूल के टाइम, खड़े रहते अंशुमान भैया, अतुल भइया, दीपक, किशन यहीं सभी। वहीं बच्चे पहुँच अपना मामला, अपना लफड़ा भइया लोगों के सम्मुख रखते, "सार हम्मे माई बहिन के गारी दिहिस है।" जो सामने वाला लड़का गरियाया रहता "भइया पहले मेरी बात सुनिए फिर मार लीजिएगा, कोई गलती लगे आपको तो।" इतने में "झांट भर के लौंडो" के मैटर से भइया लोग परेशान होकर कहते "एक क्लास में पढ़ना है, क्या लड़ाई कर रहे हो तुमलोग? तुम लोगों को आपस में बना के रखना चाहिए, किसी दूसरे स्कूल से कुछ हो, तो हमलोग खड़े ही हैं।" इतना ब्रह्म वाणी से मामला... सुलह।

शिवांग वहीं पहुँच कर देखता है, कि उसका एक दोस्त अभिषेक गुप्ता जो कि इस स्कूल में शिवांग के क्लास में था, वह साइकिल ले, मुँह लटकाए खड़ा है।

"का बाबा सूरज का... हाल बा?" शिवांग पीठ पर धौंस जमाते हुए।

"अरे शिवांग... तू इहाँ कुल कहा।"

शिवांग भौकाल के साथ, "अरे अपने भाई लोगों से मिलने आये है।"

पीछे से दीपक भैया "क्या बाबू.... क्या हाल है?"

"ठीक है भैया!" शिवांग और थोड़ा भौकाल में।

अतुल जो की इस गैंग के गॉडफादर या आका थे उन्होंने-

"तेहि है बाबू अभिषेक गुप्ता?"

"जी... भइया!"

अतुल अभिषेक को देखते हुए

"तैं काव फैलावत हे बाबू, जिल्वा (जिला) में?"- अभिषेक के कंधे पर हाथ धर कर।

अभिषेक– "भइया नहीं हो पा रहा है.... कहीं से मिलता ही....!"

अतुल- "भोसड़ी के गाँड में पेट्रोल डाल दूँ.... तुम जैसे लवंडो को काम एक नहीं और रंडी-रोना दुनिया भर, हमसे पईसा माँग रहे हैं।" चिल्ला के डाँटते हुए "कौन तुमसे पईसा माँगा था?"

स्कूल में जाते बच्चे मुड़-मुड़ कर देखने लगे, यहाँ तक सड़क पर बाइक वाले भी बिन आवाज के एक तरफ नज़र डाले नहीं रह सके।

अभिषेक के कंधे को दबाते हुए, फिर अतुल ने बोला एक-एक शब्द को

"सुन बाबू.... अबकिर.... हम्मे... दस हज़ार चाही..... चाहे गाँड़ मरा के ला..... एक हफ्ता में.... नाहि तो जिला में दिखिहे न।"

अभिषेक मिमियाते हुए "भइया समझिए... घर से पईसा नहीं मिलता अब।"

"उ कुल हम नाहीं जानत।"

शिवांग सब कुछ देख रहा था, पर अभी इस लायक नहीं था कि वह अतुल के बात में बोल सके, और शायद कोई यह नहीं कर सकता।

जब अतुल अपनी गाड़ी स्टार्ट कर जाने लगा तो अभिषेक से शिवांग ने-

"का भै है बे(क्या हुआ है).... सही-सही बतावऽ?"

सूरज- "यार सावित्री विद्या विहार का एक लवंडा था शानू, मेरा उसी से मैटर हुआ, तो हम अतुल भइया से कहे, और तीन-चार लोगों के साथ जाकर ओका पेल दिहेन लेकिन अतुल भैया हमसे 5 हज़ार रुपया कहे थे, हम दो हज़ार दे भी दिए पर भाई अब नहीं है तो क्या करें? हमको डर लगा कि यह लोग हमको ही न टारगेट

कर लें इसलिए मेरे मोहल्ले में लाखन भैया एक है, हम उन्हीं से लगवा दिए सोर्स, उसी पर अतुल भइया कह रहे हैं कि सोर्स क्यों लगाने गये?"

शिवांग– "यार इहे कुल ने, चलो छोड़ो ई बताओ कितना कर सकते हो अभी?"

अभिषेक– "पाँच सौ से ज्यादे एक रुपये नहीं है।"

शिवांग– "अरे यार तू ऊँट के मुँह में जीरा डालत हो (थोड़ी देर सोच कर)... मोबाइल है?"

अभिषेक– "हाँ, अभी ही लिए हैं।"

शिवांग– "मोबाइल दे दो।"

अभिषेक– "झांट...?"

शिवांग– "अब्बे पेला जइबा कुल इज्जत लौड़े लग जाई... देखत हवा अतुल भैया झटुआइल हैं।"

अभिषेक- "अरे यार घर में क्या कहूंगा"

शिवांग- "क्या करने निकले हो?"

सूरज- "ब्रेड लेने।"

शिवांग– "कह देना दुकान पर समान लिया, वहीं दाम मोबाइल से जोड़ रहा था, शायद मोबाइल वहीं छूट गया फिर दुकान पर पूछा तो कह रहा है नहीं है।"

अभिषेक– "जाए दे भइया मोबाइल नाहीं देब, मार लिहे जतना मारक होई।"

शिवांग– "जाओ तब।"

बोलते हुए, शिवांग की निगाह पड़ी कि दो लड़की स्कूल के गली की तरफ मुड़ रही हैं, एक मुस्कान थी, एक उसकी बहन।

सत्यानाश.....

13.

एक लड़की, सिर को ऊपर-नीचे, आँख को देर तक बंद करके खोलती, मुँह अजीब तरीके से बना-बना, और साथ हाथ को भी घुमा-घुमा बोल रही थी-

"यार जानती हो कल मेरे को न कविता मैम ने छुट्टी के बाद रोका था।" ठुड्डी पर उँगली रख कर "साला मैं तो सॉक रह गयी, कहीं मेरे कोई कांड तो नहीं खुल गये... पर उन्होंने पूछा कि 'विशाखा को क्या हुआ, वो क्लास में क्यों इतनी परेशान रहती है' ?"

एक-एक लड़की उसके अगल-बगल खड़ी थी। और वो बीच में सीट के डेस्क वाले हिस्से पर सट कर, बोल रही थी।

शिवांग उसी लड़की को देखता हुआ, लंच करते-करते, अजय से कान के पास जाकर बोला

"बाबा... ई गयेवन घ्यऴ(गाय के तरह) मुड़िया(सिर) हिला हिला... काओ बतियावत बा ?"

अजय को सुनते ही हँसी आ गया, वो हेड डाउन करके हँसने लगा, हँसते-हँसते उसका शरीर हिल रहा था। लड़कियाँ यह देख लीं, कि शिवांग उसी को देख कर कुछ कहा है। तीनों अपने में कुछ बात की, फिर उसी में से एक निकल कर शिवांग के सीट पर आकर बोली, "सुनो तुम जो भांडे की तरह हो न... कम बोला करो... बहुत सबका हँसी उड़ाने आता है... बहुत दिन से देख रही हूँ, मजाक बहुत उड़ाते हो सबका, पर हो अपने मजाक की तरह।"

इस सीज फायर के उल्लंघन के लिए शिवांग तैयार नहीं था, फिर भी मोर्चा सम्भालते हुए बोला, "अच्छा... मतलब देखती हो मुझे?"

लड़की थोड़ी मटक के बोली "आप पर ही मेरी आँखें आकर अटक जाती है,

इतने सारे लोगों में एक आपका ही चेहरा तो छछूंदर की तरह लगता है।"

उस सीट पर दोनों लड़कियाँ हँसने लगीं, शिवांग को फिर भी अपना पोस्ट बचाना था।

"तो मोहतरमा ऐसे कुछ लक्षण आप में भी हैं, उसके तरफ मैं इशारा करूँ, इससे पहले अपना तसरीफ ले जाइए।"

लड़की- "नये हो नये के तरह रहा करो" बोल कर चल दी।

वह अभी अपने सीट के तरफ मुड़ी ही थी कि शिवांग के मुँह से धीमे से निकला

"माधर.... चो..."

सामने सीट पर दोनों लड़कियाँ गाली तो नहीं सुनी पर लिपसिंग से पता चल गया। दोनों हाथों से मुँह को दबाते हुए, एक सीट पर बैठी लड़की, उस लड़की से जो अभी शिवांग को सुना कर गयी थी कहने लगी "गाली दिया है।"

इंटरवल बीत गया, सीटिंग अरेंजमेंट ऐसी थी कि दो सीट पर लड़की बैठती फिर दो सीट बॉयज के लिए। शिवांग के सीट पर अजय और प्रिंस बैठे थे, सुधांशु सर का कैमेस्ट्री का क्लास था।

इन गुरु जी की खासियत यह थी, कि इनके थे केवल पाँच बच्चे, ओ माफी, मतलब इनके क्लास में थे केवल पाँच बच्चे। बच्चे और भी थे पर यह सीमित थे बस उन्हीं तक।

मान लीजिए लिटमस पेपर टेस्ट की टॉपिक पढ़ा रहे हैं, तो टॉपिक खत्म होने पर, एक बार पूछते, "बच्चों समझ मे आया?" फिर, "निधि समझ मे आया?" फिर "देवेश कहाँ हो बेटा?" देवेश के तरफ देखकर, "समझ में आया?" "मनीष समझ मे आया?" "जहान्वी समझ मे आया?"

ऐसे ही लाइन से कोई क्वेश्चन पूछते तो इन्हीं पाँचो से, "बेटा बताओ जल्दी ,इस कैमिकल का पीरियाडिक टेबल में नंबर क्या है?"

घुमा फिरा कर सारा क्लास इन्हीं पाँचो तक, घूमता रहता। शिवांग ने इसको ताड़ लिया था।

जैसे सर जी क्लास में आते। कॉपी पर पहिले एक लाइन से पाँचों का नाम
"

1. निधि

2. जहाँन्वी

3. देवेश

4. मनीष

5. दिव्या

सर जी मान लो बोलते "देवेश बेटा, समझ मे आया?" तो देवेश के नाम के आगे एक टिक(√) लगा देता, फिर क्लास खत्म होने पर गिनती शुरू होता।

आज देवेश का नाम इतनी बार लिया गया है। जहान्वी का नाम इतने बार। फलाँ का इतने बार।

"बेटा जहान्वी कोई प्रॉब्लम?" सर ने बोला।

अजय, शिवांग हँसते हुए टिक लगा दिए, जहान्वी पर, "एका सारे के कोनो अउर नाहीं दिखाई देलें, उहे पाँच लाइके बस।" -अजय बोलते हुए हँस कर लोट-पोट।

"गुऊऊऊऊड आफ्टर नूऊऊऊन सर।"

पूरी क्लास गाते हुए, उठी।

एक पतला आदमी, उसके पीछे-पीछे दो आदमी क्लास में इंटर हुए।

पतला आदमी हाथ से इशारा करते हुए, जो कि प्रिंसिपल सर थे, "आफ्टर नून... बैठ जाइए... बैठ जाइए।"

"थैंक्यूऊऊऊ सर!" - गाते हुए क्लास बैठ गई।

प्रिंसिपल सर ने क्लास पर एक नजर दौड़ाई और अजय, शिवांग के सीट पर इशारा करके बोले, "यु बोथ कम हेयर!"

अजय "सर हम?"

"या यु बोथ!"

शिवांग और अजय यह सोचते हुए "ई भोसड़ी के काहे बुलावत बा?" प्रिंसिपल के सामने जाकर "यस सर!"

प्रिंसिपल सर

"दिया क्या यही दोनों थे?"

दिया ने सीट पर खड़े-खड़े सिर हिला दिया।

प्रिंसिपल सर- "आपलोग किस स्कूल से आये हैं?"

शिवांग- "सर विज़न!"

"प्रिंसिपल वहाँ आप लोगों को गाली देना सिखाया जाता है?"

"नो सर!"

"आपको पाता है, आपका हर एक्शन, आपका हर थॉट प्रॉसेस, आपके इतिहास को बयाँ करता है।"

"नो सर!" फिर सकपका के, "अरे... यस सर!"

"आपने उस लड़की को गाली क्यों दिया?"

"किसको?"

"दिया... इन्होंने क्या बोल था?"

"सर गाली दिया था "माँ" वाली।"

सर की आवाज बिजली बनकर क्लास पर गिरी, "हूं गिव यु दैट पॉवर टू एब्यूज अ गर्ल इन माई कैंपस।"

बाएँ हाथ से, शिवांग का बाल पकड़ सर ने पहले दो थपड़, पट-पट गाल पर, फिर चेहरे को झुका के, पीट पर दो-तीन मुक्का। फिर यही, सीन अजय के साथ।

दोनों लतियाये गये, फिर दिया के तरफ कान पकड़ के सॉरी बोले।

सब तो ठीक यार, पर बाल गड़बड़ हो गया।

"बाबा बहुत सही भे की हथवे से मॉरिस, सार डंडा पाई जात तब तो गद्दा बनाई देत मारत मारत।" शिवांग अजय से।

अजय- "चुप भोसड़ी के ,बेज्जती होई गे।"

शिवांग- "हा बाबा!"

तभी घंटी लग गयी

"चलबे पानी पिये?" शिवांग अजय से।

"नाही!"

शिवांग बेचारा अकेले ही पानी पीने गया, मायूस और लोगों के नजरों से बचते

आना माना दोष

हुए, पानी पीकर, मुँह धुल के रुमाल से चेहरा पोंछ ही रह था, कि एक आवाज, "हाय... आई एम सॉरी!"

हाथ मे बोतल पकड़े, दो पोनी टेल किये, दिव्या पाठक (वही पहले दिन वाली, जो शिवांग से हाथ मिलाने आयी थी)

शिवांग– "हाय.... पर सॉरी क्यों?"

दिव्या- "वो अभी तुम लड़की के वजह से पनिश किये गये न।"

शिवांग समझ नहीं पाया था कि क्या बोले, पर उसे कुछ बोलना भी था की दिव्या भी बोलते रहे।

शिवांग- "अरे कोई बात नहीं।"

दिव्या– "देखो ज्यादे बनो मत, हाँ उसको सर से नहीं कहना चाहिए था, बट तुम भी अपनी गलती एक्सेप्ट करो।"

शिवांग- "हाँ... पर तुम्हें पता है क्या हुआ था?"

दिव्या- "युधिष्ठिर ने कुंती को श्राप दिया था कि लड़कियाँ कुछ छुपा नहीं सकती हैं, और शायद हम सब लड़की हैं, अच्छा नल चलाओ मुझे बोतल भरना है।"

नल चलाते हुए शिवांग ने कहा, "यार तुम तो शुद्ध पंडित हो, पुराण वगैरह भी जानती होगी?"

दिव्या- "बकलोल हो... मेरे पापा कहते थे मम्मी से की औरत को कोई बात पचता नहीं। तो मैंने क्यूरिऑसिटी में कल ही पूछा, क्यों ऐसा कहते हैं, तब मम्मी ने बताया।"

शिवांग को हँसी आ गयी उस पर।

"और हाँ यह मत सोचना कि मैं तुमसे बात करने के लिए पानी भरने आयी थी। बल्कि मैं पानी भरने आयी थी, नल अपने चला के बोलत भर नहीं पाती.... सोचा तुम्हीं चला दो।"

"मैं इतना सोचता तो उसको गाली नहीं दिया होता।"

चलते-चलते क्लास आ गया, शिवांग क्लास के पहले यह सोचकर कि "अजयवा मजा लेइ!" दिव्या को जाने दिया, फिर कुछ देर बाद क्लास में गया देखा टीचर आ गये हैं।

आज इस स्कूल में पहली बार मार खाया था, पर अभी पता नहीं क्यों उसको बहुत हल्का लग रहा था, जैसे जो हुआ। ...अच्छा हुआ।

14.

टाइम्स ऑफ इंडिया में छपा था "bullet rain in the market" - बाजार में गोलियों की बरसात– अरे गोली कहाँ चल गया? अभी तो रोमेंटिक मौसम था लेकिन आप भूल रहे हैं कहानी उत्तर प्रदेश और उसमें भी, पूर्वांचल की है। गोली कट्टा तो यहाँ का लोकल गेम है, यहाँ के आदमी बहुत मरकहा होते हैं।

लेकिन अंग्रेजी पेपर वाले कितना बात को लोलर कर देते हैं। लोलर नहीं जानते? लोलर मतलब, मान लीजिए, आपके किसी दोस्त के यहाँ या दोस्त-वोस्त को छोड़िए। आप ही के यहाँ किसी का शादी है। आपका कोई दोस्त इतने लेट पहुँचा कि खाना हो चुका था खत्म, और सबने खा लिया, पर यह दहिज्रा नहीं पाया। अब यह लड़का शहर भर क्या हल्ला करेगा- "कुल खनवे खत्म होई गे, केहू पइबे नाहीं किहिस।" कायदे से बात यह है, केवल यह लड़का नहीं खाया, पर आपका जिला भर में लोलर हो गया। किसी बात को बढ़ा-चढ़ा कर कहना, लोलर करना होता है। बूझे...?

इसी तरह अंग्रेजी अखबार वाले हैं।

बात यह थी कि जो अतुल भइया थे, अरे वही जो "गांड में पेट्रोल डाल दूँगा कहें थे।" उनका एक जिला स्तरीय मैटर चलता था। और उसका कारण जैसा कि सतयुग से होता आ रहा है, लड़की थी। नहीं-नहीं हम कोई महिला विरोधी नहीं हैं, लेकिन आप बताइए महाभारत क्यों हुआ, द्रोपदी के चीरहरण के कारण, और चीर हरण हुआ, क्योंकि द्रोपदी हँसी थीं। लंका दहन क्यों हुआ? गलत जगह मत जाइए, सूर्पनखा के कारण। अरे उसने लक्ष्मण जी को प्रपोज किया, फिर रिजेक्ट कर दिए। फिर उसका भी ईगो हर्ट हो गया। हाँ! तो उसी तरह इहो मैटर लड़की की वजह से हुआ था।

मैटर भी जानना है? अच्छा ! बात यह थी, कि अतुल भइया के गोल में एक

आदमी था, सॉरी सॉरी, था नहीं... है। फिरंगी। फिरंगी? बड़े बुजुर्ग बताते हैं, कि यह पैदा तो बहुत गोरा हुआ था, पर इसके करतूत उतने ही काले। इस कारण लोग इसे फिरंगी बुलाने लगे। यही फिरंगी, जिनका आधार कार्ड पर, यश चित्रांश नाम है। एक लड़की से करने लगा 'लब'। लड़की भी करने लगी लब, तो इस लब से ही शुरू हुआ है सब। एक दिन फिरंगी, उर्फ यश चित्रांश आर्टिगा गाड़ी में। एक लड़के के साथ जा रहे थे। ट्रैफिक सिग्नल था। इसकी निगाह पडी है, सामने स्कूटी पर। स्कूटी पर है बयूटी, ब्यूटी थी इनकी "स्वीटी" (गर्ल फ्रेंड) पर अगर बात यहाँ खत्म हो जाती तो मैं इनका बात ही नहीं करता। स्वीटी के स्कूटी के पीछे बैठा था एक लड़का, लड़के के हाथ में था ... केक का एक डिब्बा, यश को लगा कि यह तो मेरे साथ अन्याय हुआ है, स्वीटी को यश ने फोन किया, जो कि इनको दिख रही थी, स्वीटी ने फोन पॉकेट से निकाल, उस पर एक निगाह डाल कर, बिन रिसीव किये डाल दिया जेब में।

यश ने गाड़ी चलाने वाले लड़के से बोला, "भाई गड़िया जरा इस स्कूटिया के आगे ले चलो तो, मेरी मलवा है।"

गाड़ी आगे गयी । स्कूटी पीछे। स्कूटी को यश ने हाथ से रोका। लड़की से कहा "तुमको तो...!" फिर पीछे बैठे लड़के को न आव देखा न ताव, दाएँ हाथ से अपने बाएँ पैर का चप्पल निकाल। लेह चप्पल लेह चप्पल। चपलियाना शुरू। लड़का केक के डिब्बे से अपना मुँह बचाता। और बोलता "कौन हो रे, तेरी माई चोदो काहे मारत हें।"

लड़की बीच बचाव में, "अरे यार यश बात सुनोगे, ट्यूशन में सर का बर्थ डे है......." यश लड़की से "तो गाड़ मारवा लो....?" और फिर चप्पल पर चप्पल चलना शुरू। लड़की से जाते हुए, यश ने कहा, "सुन माधर चोद फोन मत करना अब।"

फिर दाएँ हाथ में बाएँ पैर का चप्पल लिए, गाड़ी में बैठ गया।

बात यहीं खत्म हो गयी होती, तो भी हम बेमतलब यहाँ इसका जिक्र नहीं करते। सुबह जो लड़का चपलियाया गया, रात में वह यश का नम्बर निकलवा, अपने किसी परिचित के भइया से फोन करवाया।

फोन जैसे कान पर यश लेकर गया, बम बार्डिन शुरू।

"तोहरी माका... मादरचोद... तोका पता बा, केकरे ऊपर ते हाथ उठाये हे, माधर चोद, बेटी चोद..."

तरह-तरह का गाली। सन्धिविच्छेद करके। गाली बिना सिर -पाँव के गाली, "छक्का सारे, चमार चोद!" आप इस पर विचार करके देखिए, एक तरफ "छक्का" कहा जा रहा है। मतलब उस कृत्य को करने के लिए लड़के के अंदर सामर्थ्य नहीं है, फिर चमार चोद, मतलब डिसाइड कर ले, कहना क्या है?

यश उस वक्त घर मे था, घर में भी कमरे में, कमरे में इसके फूफा आये हुए थे। गाली सुन रहा है, फिर सुन रहा है, धीरे से कमरे के बाहर निकला, फिर गारी सुनते हुए, घर के बाहर। फिर गली में पहुँचा। गाली सुनते हुए... "अच्छा, दोपहरिया में अभिन औकात देखला नाहीं, अभी फिर बता रहे हैं।"

ऐसे ही गारी खाते हुए, और बैलेंस बनाने के लिए गरियाते हुए। वह पैदल ही अतुल भइया के कार्यालय। जो कि वॉकिंग डिस्टेंस पर था, पहुँच गया।

कार्यालय क्या था एक दुकान था, पुराना-सा, उसी में शाम को देश के लत्ता आकर बैठते थे। यश जब तक पहुँचा तब तक तो उस लड़के ने यह कहते हुए "कहाँ मिलबे रे?" फोन रख दिया था।

यश कार्यालय पर पहुँच कर, एक बार लड़के को फिर कॉल बैक किया। लड़के ने फिर पूछा "कहाँ बाटें रे माधर.....?" अबकी यश भी फ्लो में "तोहरी माका.... तबसे सुनत हई तोहार, कहा है रे, तोरे माई के बुरया में फिर से धुसेड देई तोका?" दोनों लोग बस गरिया रहे थे। कोई सुन नहीं रहा था। यश ने इतने में मौका देख कर फोन अतुल भइया के तरफ बढ़ाते हुए "हई देखबा तनी!"

अभी उन्होंने फोन कान से लगाया ही, कि फिर फ्लो में गारी, उन्होंने यश को आँख से ही पूछा "के हवे?" और फोन काट कर यश को हैंड ओवर।

अतुल भइया के नाम का शहर में दहशत और डिग्निटी दोनों थी। मतलब अइसे-वइसे आदमी नहीं थे वह। वसूली, जामीन का मैटर, किसी को मारना है(हत्या नहीं) मतलब ऑल टोटल हिस्ट्री शीटर थे।

अतुल सिंह को फोन पर झांट भर के लवंडे ने, झोटा भर गरियाया था। मैटर लंबा हो गया।

वह लड़का जिसके दम पर उछल रहा था। वह अभी अंडा में से निकले थे लेकिन बझ गये लम्बा। वह लड़का जब पता पाया कि अतुल सिंह को गारी दे दिया है, तब सॉरी बोला। लेकिन आरी सॉरी कुछ नहीं, पैर पकड़ कर माफी माँगे, गोड़े गिरे।

अगले दिन घुटने पर बैठ, वह लड़का अतुल सिंह के पैर पर झुका हुआ था, "अरे भइया आपलोग बड़ा भाई हई, गलती बच्चे से हो….."

यह अभी वह बोल ही रहा था, कि पीछे से एक लात यश ने उसके मुँह पर, धम्म से मारा।

"मादरचोद जान गये ने, यश चिलांश के हवे।"

लड़का भहरा गया। यश को देखने लगा।

यह बात तो हो गयी सॉल्व। पर एक दिन वही लड़का जो पैर छुआ था, यश का पैर मार के तोड़ दिया और तुरंत भाग गया लखनऊ। इसके बाद यश के गैंग ने, उसके साथ के घर में घुसकर कम से कम दस लड़कों को मारा होगा। जिला एक पर अब एरिया दो बँट गये। रौता और पक्के। रौता वाले पक्के मुँह छुपा के जाने लगे, पक्के वाले भी रौता कम ही आते थे।

दो दिन पहले वही पैर छूने वाला लड़का, गलती से या जान-बूझ कर आ गया रौता, जो कि अतुल का एरिया था।

पल्सर बाइक खुद ही स्टार्ट कर, उसको   ""रुक भोसड़ी वाले!" कहते हुए आगे पहुँच कर फायर किया कि गोली हो गयी रिवर्स और लग गयी अतुल भइया के बीच में।

बाएँ बाँह पर, शर्ट सफेद था, पर खून के लाली से, बायाँ हिस्सा लाल हो गया।

अतुल की मम्मी घर में "कही ला बाबू ई कुल छोड़ दे, लेकिन मति मारल गइल बा!" फिर फफक कर रो पड़ती।

हॉस्पिटल के डॉक्टर से कहतीं, "साहब हमारे लइकवा के बचा लिहल जा।"

डॉक्टर सिर हिलाते हुए चल देते।

जिस स्वीटी के वजह से यह सब हुआ था, उसकी लाश तीन महीने पहले, उसके बाथरूम से मिली, और उसके एक दिन पहले उसने यश को एक लैटर दिया था।

"बाबू तुम मुझको समझो। मेरे पास सच में कोई ऑप्शन नहीं था। कुछ करने का या मैं ऋषभ (वो लड़का जिसको यश ने मारा था) को स्कूटी देती या खुद उसको

लेकर जाती। भइया अगर स्कूटी किसी और के हाथ मे देखता तो घर में बवाल हो जाता । पर तुम उस दिन देख लिए। समझो मेरे बात को और अगर नहीं समझ सकते हो तो कोई बात नहीं। मैं तुमको प्यार करती हूँ, और करती रहूँगी। पर प्लीज़ आज दो महीने हो गये मैंने तुमको देखा भी नहीं। प्लीज बाबू, मुझको माफ़ कर दो,मैं कल तुम्हें स्कूल के बाहर देखना चाहती हूँ। अगर तुम नहीं आये तो तुम्हारी कसम तुम फिर मुझे कभी नहीं देख पाओगे।

तुम अपना खयाल रखना मेरे बैड बॉय

तुम्हारे कड़वे लाइफ की स्वीटी"

15

स्कूल शिवांग के साथ और शिवांग स्कूल के साथ एडजस्ट हो गया था। लड़कों के अलावा लड़कियों के साथ भी बैठना ना हुआ हो, पर उठना होने लगा था। मतलब की कभी लंच में, तो कभी यू ही भौकाल लेने के लिए। कभी लड़कियाँ शिवांग से कुछ बोल देती थी कभी शिवांग लड़कियों से। अब बाल के साथ चाल में भी बिन खोजे परिवर्तन पाया जा सकता था। पीछे पूरा छोटा, आगे थोड़ा सा खड़ा, हनी सिंह का नाम सुने होंगे ना? उसी के जैसा। और मम्मी के भाषा मे, "मुर्गीयन के पोछिया घ्यल काओ अगवा खड़ा कई ले लेई नाहीं की मनाई घेयल छोट-छोट करा लेइ!" (मुर्गी के पूछ के तरह क्या खड़ा कर लेते हो, ये नहीं कि आदमी की तरह कटायें।)

दिव्या क्लास की सबसे बदनाम लड़की थी, फिर भी बदनाम में "नाम" साइलेंट है। उसका भी नाम था, बलभर था। आदित्य को उस पर था क्रश। पर आदित्य जो कि बचपन से उसके साथ खेला (दोनों आस-पास ही रहते थे) दिव्या ने उसे एक्सेप्ट नहीं किया। ऐसा नहीं है की उसका बॉयफ्रेंड नहीं है, "शी हैज अ रिलेशनशिप, टू!" अब आप कहेंगे बताओ? ठीक है।

तो वह लड़का-तड़का वाला, मतलब, बहुत टूट कर प्यार करता था। इस टूट के प्यार करने में, कितने हड्डियाँ टूटी इसका रिकॉर्ड NSO के पास भी नहीं है। पर मैं आपको इसका मुख्तसर का बायोडाटा देता हूँ।

प्रपोज जानते हैं किस कला के साथ हुई थीं दिव्या, अरे आप कैसे जानेंगे! बस इतना जानिए खून-खराबा हुआ था।

दिव्या ट्यूशन से उछलते-कूदते बाहर निकली तो देखती है, उनके पेट्ट स्कूटी के दाएँ वाले मिरर पर, लाले-लाल पूताया है। पहले तो समझ नहीं आया फिर अभियेन्द्र ने क्लियर किया, "हो देखो ई तो कोई, I L U लिखा है!" मतलब तो

आप समझ ही गये होंगे, हाँ इसको काहे नहीं समझेंगे। लिखा कौन? यह शोध की बात है, जो कि तब नहीं पता चला। यह पता चला तब ,जब दिव्या घर जाते समय, स्कूटी के बास्केट में दूध का पैकेट रख रही थी "अरे इसमें तो पहले से पैकेट है!" पैकेट निकला गुलाब के गुलदस्ते के साथ, एक कार्ड जिसपर "for my princess divya" के साथ "शिखर" लिखा था।

दिव्या इसको जानती थी। सीनियर भइया थे, अरे अब कैसे भइया? कुछ दिनों से पीछा करते थे। उस समय तो दिव्या ने कुछ नहीं किया। हाँ !आपको बता दें, यह बात है क्लास नाइंथ की।

शिखर कुछ ऐसा काम भी करता कि वह इरिटेट हो जाती, पर कभी-कभी दिल प्यार से भर जाता।

इरिटेट की बात यह है, कि स्पोज कीजिए। दिव्या जा रही है घर, पीछे-पीछे कोई उसका पीछा करता है, एक लड़का ऐसे पराक्रमी निकला, कर दिया दिव्या पर कमेंट "अरे कभी स्कूटी हमारे भी गली मोड़ लीजिये।"

दिव्या तो बोल कर आगे बढ़ गयी "थोपड़ा देखे हो अपना, तुम्हारे तरफ नजर नहीं मुड़ती स्कूटी कैसे मुड़ जाए बे।"

लेकिन पीछे था शिखर। तीन लड़कों के साथ, पल्सर से, चिल्लाते हुए "होय.... होय रुक।"

लड़का रुका "हाँ भइया।"

"क्या बोला है, अभी उसको?" -शिखर।

लड़का खिसियाकर हँसते हुए, "अरे भाई कुछ नहीं य......"

लड़के ने अभी बात पूरा भी नहीं किया था, कि गाल झन्ना गया। दो-तीन थप्पड़ एक साथ, तर ऊपरी।

ऐसे अक्सर एक-दो हफ्ते में होने लगा ,दिव्या इसी से इरिटेट होती थी।

लेकिन कभी दिल सचमुच, प्यार से भर आता।

प्यार इसलिए की एक दिन दिव्या साइकिल से आयी ।छुट्टी के समय साइकिल का चैन उतर गया, आसपास कोई दुकान नहीं। लवंडे होते तो तुरंत चैन, काँटे पर रख, साइकिल टेढ़ा करके पैडिल चला देते, पर यह बेचारी, नारी।

पैदल-पैदल चलते हुए किस्मत को तो कभी साइकिल को गरियाती, और गरियाती अपने बहिन को "दुस्टिन लेते गयी स्कूटी 'दीदी….प्लीज दे दो, काम है' पर एको काम कहो तो उठती नहीं है …लेकिन अब स्कूटी चाहिए तो देखो।"

बड़बड़ाते, पछताते अभी वह जा ही रही थी की शिखर आ गया।

"सुनो तुम दो सेकंड यहीं रुको, मैं साइकिल बना देता हूँ।"

दिव्या स्टैंड लगा कर, अपने हो गयी पीछे, कुछ बोली नहीं। पर एक मौन सहमति के साथ।

चैन गार्ड में, हाथ डालकर इधर-उधर घुमाता कि दस मिनट बाद ठीक हुआ चैन।

"लो यार हो गया।"

कहते हुए, वह अपना दोनों ग्रीस लगा हुआ हाथ रगड़ रहा था। दिव्या ने कुछ कहा नहीं पर अपना रुमाल देने लगी।

"अरे जाने दो, हम इतने साफ नहीं कि तुम्हारा रुमाल गन्दा करें!" कहते हुए वह जाने को मुड़ा।

"सुनो, साफ कर लो, मुझे अच्छा लगेगा।" -दिव्या।

शिखर की दोनों आँखें, दिव्या को देखीं, दिव्या ने भी एन वक़्त पर उसको देखा, आँखों ने उस वक्त आखों से, आँखों-आँखों में ही कुछ बोला था... जो न मैं लिख सकता हूँ और न आप पढ़ सकते हैं।

बस कुछ यही लक्षण देखकर दिव्या ने शिखर को एक्सेप्ट कर लिया था।

पता नहीं क्यों हम प्यार को किसी, गिफ्ट और भौकाल से जीतना चाहते हैं। प्यार का सबसे ज्यादे एह्साँस मदद में होता है।

16.

ब्लैक बोर्ड के सामने दिव्या, दो पोनी टेल किये हुए, मुँह से कुछ बोलते हुए हाथ को भी उसी फ्लो में हिला रही थी, "क्लास वी आर स्टूडेंट, हमारे पैरेंट मेहनत करते हैं..... हमारी फीस भरने के लिए और इस स्कूल में मोस्टली मिडिल क्लास फैमिली के बच्चे हैं... पिछले साल हमारे एनुअल फीस से बोर्ड फीस काटा गया था, और इस बार फिर हमें बोर्ड फीस भरने को कहा जा रहा है, तो यहाँ कितने लोग हैं जो इसे नहीं भर सकते?"

सारे क्लास ने हाथ खड़ा कर दिया।

"अभी आप लोगों के पास एक कागज जाएगा, उस पर आप अपना नाम और सामने साइन कर दीजिए, इसको हमलोग डी एम सर के पास भेजेंगे... डिस्ट्रिक्ट मजिस्ट्रेट।"

अजय शिवांग से -

"बाबा दुइ हज़ार रुपया के बात है।.... दुई दाई (दो बार) साइन कर दिहल जाई का?"

शिवांग – "अरे सारे एका देखे रहेन, दस मिनट लाइट चल गईल रहल किताबियासे (किताब से)बेना हौके लागे, सारे इतना दिखावेलिन की जइसे महारानी विक्टोरिया के घरे के हइन पर दूई हज़ार रुपया माँग लिहिस तऽ लाल किला से भाषण देवे लागिन।"

अजय ने बनते हुए बोला, "भाई उसको कुछ मत कहना।"

शिवांग – "हाँ तोहार मेहरारू हवे नै, अरे सारे सीटियाँ बाज। एक दिन रुमाल का माँग लिहिस, गाँठ जोड़े के बेवस्था करे लगला?"

अजय ने, "भाई वो मेरी..... किसकी.... अजय मिश्रा की दिव्या है.....

कहूं कुछ बोली तो मुहा में मूत देब।" शिवांग को आँख मारा।

कुछ दिन पहले, एक दिन इन दोनों के सीट के आगे तीन लड़कियाँ बैठी थीं। (नहीं, जो लतवा खिलवाई थी, वह वाली नहीं।) दूसरा ग्रुप, दिव्या, अमायरा, आद्या का।

दिव्या के हाथ में लग गया था चोट, भल के खून निकल आया, "यार किसी की कॉटन की हैंकि मिल जाए?" दिव्या ने अमाइरा से बोला।

त अजय पीछे वाले सीट पर, इतिहास की किताब खोल बैठा था, पर दिमाग वर्तमान में लगा हुआ था कि आगे वाले सीट पर क्या हो रहा हैं? तभी अमायरा ने उससे बोला, "सुनो... प्लीज... अपना हैंकि दे दो।"

आज तक लड़का अपना हैंकि किसी को हाथ का पानी पोंछने के लिये नहीं दिया था, पर इस समय अमायरा से बोला, "अरे यार इसमें प्लीज की क्या बात है।"

कहते हुए हैंकि इस सीट से निर्यात हो गयी।

लड़के बेचारे कोमल होते हैं। लड़की को चोट लगा था। दो पीरियड तक शिवांग और अजय पूछते रहे, "कुछ और चाहिए? उससे कह दो दवा ले ले! और हाँ... कह देना की घर जाकर टिटबैक की सुई भी लगवा ले, नहीं तो इन्फेक्शन फैल सकता है।"

यह दोनों वह लवंडे थे कि अगर किसी का घर ठंडी में जले तो यह उसमें एक बोरा भूसा फेंक देगें, कि और धधक जाएँ। "कौड़वे तापा जाई। कहीं लड़ाई होने की संभावना दिखे तो एक पक्ष को शिवांग चढ़ा दें, एक को अजय और फिर दोनों एकसाथ मिलने पर ताली मार के हँसते हुए कहते थे "लगाई दिहेन" (मतलब की आग लगा दिए अब मार होग।। बलभर, बात यहाँ तक पहुँच जाती कि, "बाहरवा मिल।"

लेकिन आज यही दोनों, दया की प्रतिमूर्ति, करुणा के सागर की तरह। आखिर आप ही बताइए?

सब तो सब जब छुट्टी के वक़्त, दिव्या ने पीछे मुड़ के, हँसते हुए कहा – "थैंक यू सो..... मच, और हाँ... मैं हैंकि धूल के दे दूँगी।"

तो समोसा के प्लेट में बचे मीठी चटनी को भी सुरक के पीने वाले अजय ने जवाब दिया।

"अरे.... यार मैं दूसरा नहीं ख़रीद लूँगा, पागल हो?"

तो इसी दिन से अजय ने रुमाल को ससुराल का इंटरलिंकिंग पॉइंट मान लिया था।

अरे यार... दिव्या का भाषण खत्म हो गया और आप बता भी नहीं रहे हैं।

हाँ, तो दिव्या भाषण खत्म करके, अपने बैग से कॉपी निकाल, पीछे वाला पन्ना फाड़, उस पर अपना नाम लिख, सामने साइन कर, अपने पीछे वाले सीट पर बढ़ा दी।

पूरे क्लास का साइन लेकर, एक एप्लिकेशन जिस पर बोर्ड फीस हटाने के लिए प्राथना था। उसको वह प्रिंसिपल ऑफिस में दो लड़कियों के साथ जाकर दे आई।

"सर ट्राई टू अंडरस्टैंड, वी कांट अफोर्ड इट।" - दिव्या ने बोला।

प्रिंसिपल- "दिव्या तुम पढ़ने वाली लड़की हो, यह सब क्या है?"

दिव्या- "सर, हर सुबह हम थॉट में क्या कहते हैं, 'नॉलेज इज पॉवर' सो ऑन द.........."

प्रिंसीपल सर बात को बीच मे काटते हुए -

"बेटा देखो फीस यू ही नहीं ली जाती है।" लैपटॉप का स्क्रीन दिव्या को दिखाते हुए।

"यह CBSE का वेबसाइट है, यहाँ क्या लिखा है 'अ कंडीडेट हैव टू रजिस्टर इटसेल्फ, बाई सब्मिटिंग फोर थाउजेंड रुपी फ़ॉर क्लास नाइन्थ।"

दिव्या – "या सर, यही तो मैं कह रही हूँ, नाइन्थ में हमसे जब बोर्ड फीस लिया गया था, तब टेंथ में फिर क्यों?"

प्रिंसिपल सर "अरे यहाँ, क्या लिखा है, फोर थाउजेंड, हम पिछले साल आपसे दो हजार लिये थे, इसलिए इस साल दो हज़ार जो बचा अमाउंट है। बेटा देखो, हम खुद ही चाहते हैं कि पैरंट्स पर लोड न पड़े, वरना हम चार हज़ार पूरा पिछले साल ले लिये होते।"

बात खत्म, दिव्या समझ गयी, आद्या भी, पर क्लास में तो रायता फैल के, बह रहा है, उसको कौन बिटोरे?

17.

"ओ मेरा सोना..... कान खोल के सुन लो, तुम नहीं आओगे।" दिव्या ने शिखर से कहा।

शिखर – "यार फिर बताओ, तुम जा रही हो वैष्णोदेवी फिर पता नहीं कब लौटो प्लीज् बाबू बस स्टेशन पर आकर तुमको जाते हुए देखूँगा।"

शिखर ने उसका चेहरा हाथों में थाम कर बोला- "प्लीज मेलि बबुआ तुम।"

दिव्या उसके आँखों में देखते हुए, "यार शिखर....मैं नहीं चाहती... भाई तुम्हें देखे या कुछ सीन खड़ा हो... तुम मुझसे प्यार करते हो..... यह काफी नहीं है? क्या जरूरत सी ऑफ करने की...?"

शिखर उसे चिढ़ाते हुए, "हाँ..... अब परवचन दोगी...... 'यह सब दिखवा है, हम लवर ऑफ दी हर्ट हैं, मुझे तुम्हारे प्यार से, तुम्हारे पागलपन से, कभी-कभी डर लगता हैं।"

उसने दिव्या के दोनों हाथ हाथों में लिए, और पुचकारते हुए बोला, "रोज-रोज प्रवचन ही देती हो।" आँख मार कर, "कभी कुछ और भी मिलेगा?"

दिव्या भी बनते हुए बोली, "हाँ... मुझे पता है, मेरे सोना को क्या चाहिए..... मेला बच्चा.... अभी देती हूँ........."

एक थपड़ हल्का-सा गाल पर मार कर, दिव्या बोली, "भाग यहाँ से, मेहरा कहीं का।"

गर्मा की छुट्टी हो चुकी थी, आज दिव्या हफ्ता भर बाद। शिखर से फल विभाग में मिली है। फल विभाग में? .....हाँ भाई, यह सिविल लाइन में ही एक खूब बड़ा, मतलब खूब ही बड़ा, उद्यान था। यहाँ पर पेड़-पौधे जो फल-फूल खिलाते, उगाते हो वह ठीक है। पर उससे ज्यादा शहर के लड़के लड़कियाँ यहाँ "गुल खिला

देते थे।"

इसी फल विभाग में, दिव्या और शिखर बैठे थे, और बाहर पार्किंग स्टैंड में अमाइरा वेट कर रही थी, कि "यार जल्दी निकलती दिव्यवा....!" पर दिव्या पिया जी के साथ डिस्कसन में मसगूल। डिस्कशन का मुद्दा तो हम बताये ही नहीं । बात यह है कि कल सुबह साढ़े चार बजे है दिव्या का ट्रेन। कहाँ के लिये? वैष्णो देवी, पर विथ फैमिली... (नहीं तो आपको लगा, हनीमून पर जा रही है) शिखर, जो कि प्यार को खूब पैसन के साथ करने का शौकीन और मजबूर भी है, उनकी यह तमन्ना है- "यार दिव्या मैं आऊँगा तुम्हें सी ऑफ करने।"

अब बताइए? दिव्या, वो भी सपरिवार। उसमें भी सुबह का समय, छोटे शहर का स्टेशन, भीड़-भाड़ कम रहता है। वहीं कहीं कुछ ऊँच-नीच, कम-बेसी हुआ, तो आप ही बताइए कि इस नारी की महतारी, बेचारी को तरकारी नहीं बना देंगी? और कहीं मूड घूम गया तो वहीं वैष्णो माता के चरणों में, नारियल के जगह इनका सिर ही न पटक दें।

दूसरे छोर पर शिखर, ऊपर से लड़का। वो बेचारे बड़े पैशनेट होते हैं, जो थोड़ी-बहुत कसर हो वह बॉलीवुड पूरा कर देता है। शिखर को भी प्यार में, इसी किक का चश्का था या थ्रिल कह सकते हैं, लड़का अड़ गया।

आऊँगा, और आ जाने में प्रोसेस होता है, प्रक्रिया। शिखर जैसे लड़के, जिसे घर पर जगलर कहा जाता है, उसके लिए और प्रॉब्लम। घरवाले हर घण्टे संपाते रहते हैं,

"सार कहाँ बा, कहाँ धस गैं, कहूँ कोनो से लड़ाई-मार ना करें?"

यह प्रश्न हमेशा उनके दिमाग में आता और जाता रहता है। यही शिखर के साथ भी प्रॉब्लम था। इसके कारण थे, उसके हरकत।

एक लड़का जो दिव्या को कुछ कह दिया था। उसको शिखर, कॉलेज से उठा कर "काव कहें है रे?" पूछता हुआ मारा भी और छोड़ते-छोड़ते उसके जीभ को सिगरेट से दाग (जला) भी दिया। लड़का बेचारा एक लीटर बिसलरी चिल्ड पानी पूरा पी गया, फिर भी वह जैसे मुँह बंद करता और जीभ का ऊपरी हिस्सा जबड़े से सटता, तुरंत जलने लगता। बहुत देर तक उसने अपना मुँह 'आ' के अवस्था में खोले रखा। उसके घर वाले जान गये, फिर करा दिए शिखर के ऊपर FIR, 307 (जान लेने की कोशिश) में शिखर को कोतवाली ले जाया गया। फिर भी उसके

पापा थोड़ा सोर्स पानी लगाकर, अगले पक्ष से माफी मँगवा कर जमानत करवाएँ। अभी शिखर को घर आये चार दिन हुआ, लेकिन फिर इनका घूमना फिरना शुरू, माँ परेशान, पिता जी त्रस्त।

शिखर को यही दिक्कत था, "बाइक पापा सुबह-सुबह निकलने देंगे कि नहीं।"

उसको मिलने तो जाना ही है। रात को नौ बजे ही सो गया ताकि नींद खुल जाए। नींद खुल भी गयी तीन बजे। पिता जी की गाड़ी की चाभी वह अपने कमरे में ही रख लिया था, मुँह-हाथ धोकर गया, गाड़ी निकालने के लिए, चैनल खोल ही रहा था, कि पिता जी की आँख खुल गयी।

पहिले बिस्तर से बोलें "के हवें हो?"

उस तरफ से सन्नाटा।

उठ कर कमरे का लाइट जला दिये और चले आये बाहर।

शिखर कपड़ा लेकर गाड़ी को झार रहा था।

"एतना भोरवा(भोर) में कहा रे?" शिखर के पापा।

शिखर - "कुछ नाहीं.... ऊ... एक ठो दोस्त के मम्मी के तबियत खराब होई गइल बा, जात ही जिला अस्पताल।"

पापा पहुँचे हुए आदमी, "बात करवाओ लड़कवा से?"

"अरे.... क्या अब उसको परेशान करेंगे।"

"साले तैं जौन.... घर भर के परेशान किये है।" पापा भड़क उठे।

शिखर समझाते हुए, "सुनल जा....... कहूँ जात नाहीं हई..... आधा घण्टा में आ जाब। घड़ी देख लिहल जा।"

पापा कड़े आवाज में "आपको मैं कह रहा हूँ..... कहीं नहीं जाना है.... इस वक़्त।"

शिखर- "पापा बहुत जरूरी काम है, चल जावें दिहल जा, पक्का काहत ही। अंधा घण्टा से एक मिनट आगे नाहीं होई।"

पापा- "देखो बाबू अभिन कोतवाली से आइल हवा। कुछ दिन शांत रहा, ने उत्पात करा बाबू हाथ जोड़त ही।"

पापा सचमुच हाथ जोड़ लिए।

शिखर अपने सिर को दोनों हाथों से बारी-बारी, कीच-किचा के पीटकर,

चिल्लाते हुए

"अरे यार मैं पागल हूँ, मुझे नहीं पता है क्या होना चाहिए क्या नहीं... और आज हम जायेंगे चाहे जो हो जाए।"

पापा उँगली दिखा कर, कड़क आवाज में, "अगर गाड़ी स्टार्ट हो गयी, तो हाथ-पैर मार कर तोड़ दूँगा।"

शिखर ने गाड़ी में चाभी लगाते हुए- "कुछु करा,हम जात ही मार डाला चाहें हम्मे।"

पापा ने शिखर का बाल पकड़ कर, "सारे तोरे देहिं में एकदम डर नाहीं बा, बड़ा हो गइल बाटा ने, कुत्ता कहीं के।" दो थप्पड़ पट पट शिखर के मुँह पर।

शोर-शराबा सुन शिखर की मम्मी आईं, "का भे जी?"

पापा - "मूडी पर चढ़ाएं ही नै,झेलो अब ....साला एक बात नहीं सुनता है " शिखर से "भाग अंदर।"

मम्मी शिखर से, "का बाबू का चाहत हवा.... ने जी हमन के, मारे बाटा ज़िन्दगी तबाह होई गे बा।"

शिखर चिचड़ते हुए "नाहीं बाऊ..... तोहन पचन जिया..... साला ...।" हाथ जोड़ कर "हम्महि मर जात हई।"

शिखर पापा का हाथ झटक कर, लिविंग रूम, जिसमें पिता जी रहते थे। उस कमरे की अलमारी से पापा की पिस्टल निकाल गोली भर कर, दायें हाथ मे लिए-लिए उसे बहुत देर तक देखता रहा।

मम्मी कमरा भड़भड़ा रही थी, धड़...... धड़........ धड़..... धड़...... इसी आवाज के पीछे वो कुछ बोल भी रही थी, "शिखरवा तोके हमार कसम बा..... अगर कुछ कियें तो?"

उसी के पीछे पापा भी बोल रहे थे, "मरा जाई कऽ..... हम्मे ने सुनावा.... केहू के ले के नाहीं केहू जाई.... ई ने सोचे..... जियत कौन सुख दे दिहे हैं।"

शिखर दायें हाथ से पिस्टल अपने कनपट्टी पर लगाया, जिस उँगली से ट्रिगर दबाना था, उस पर अपना पूरा बल देते गया, ट्रिगर पीछे हुई... गोली आगे।

"थूह......" की आवाज चारो तरफ भागी।

मम्मी दरवाजा भड़भड़ाते हुए, चिल्लाई, "अरे हमार बाबू रे…… हमार कोखिया सून कई देहले काओ रे……!"

पापा भी दरवाजे पर, "शिखर…… एं शिखरवाआआ…… खोल बाबू…. खोल।"

गोली कनपट्टी के आर-पार…… खून के छींटों को दीवार पर छाप दी थी।

शिखर बाएँ तरफ, खड़ा-खड़ा गिर गया।

कह सकते हैं, एक बॉयफ्रेंड। इस बेटे का हत्यारा है।

18.

"भाई वो लड़की वइसे रंडी है, शुरूआत में हमसे भी आकर बात करने लगी थी।" - शिवांग अमन से।

अमन – "अरे बाबा! उससे बच के रहना, शिखर भाई उससे इतना प्यार करता था फिर भी वह अपना रंडियाने वाली आदत कभी छोड़ नहीं पाई।"

अभियेन्द्र – "बाबा सने में तऽ हिया तक आवा है... कि दिव्यवा के अबॉर्शन.... करवावेक पड़ा बाएँ... जो कि शिखरवे ने ही करवाया।"

शिवांग – "अरे बाप रे बाप... अभिन अंडा में से निकलीं नाहीं की खुदे अंडा देवे लागिन ... बाह भाई...!"

अमन- "ते भी सारे जौन-जौन बात बोलेले....!"

गोली चली भले बंद कमरे में हो पर खून के छींटे दिव्या के करैक्टर तक पहुँच गये थे। पूरे क्लास के बच्चों ने, जो कि स्कूल बंद था तब भी। अपने-अपने पास वालों और खास वालों को बताते थे "बाबा शिखरवा सुसाइड कई लिहिश!" सामने वाला कहता "काहे?" जवाब मिलता "अरे वही रंडिया के चक्कर में!"

पुलिस ने भी शिखर का फोन खंगाला, उसमें दिव्या के मम्मी के नम्बर पर किये गये टेक्स्ट थे। इससे दिव्या के घर पर पुलिस ही कॉल करके बताई।

दिव्या की मम्मी सोची की परिवार की कितनी बदनामी होगी अगर बात फैल गयी इस कारण फोन रखते-रखते उन्होंने हवलदार से बोला "अच्छा सर बस एक विनती है, मेरे बिटिया का नाम पेपर में मत लगिएगा।"

दिव्या जिसने कुछ खोया भी था और पाया भी था। खोया था सोलह साल के उम्र में प्यार, एक सहारा, जिसके होने से उसको यह तो रहता कि कोई तो है जो उसको डाँटता है और उसका डाँट खाता है। जिससे वह गुस्सा इस हक़ के साथ हो

आना माना दोष

सकती है कि वह मनाएगा। जिसके साथ वह दिन भर को काट सकती थी। वही प्यार वह खो दी। अब उसके पास लव तो था पर लवर नहीं।

पाया क्या? लोगों कि तिरछी निगाह "अरे ए वही लड़की है ना?" कि भनभनाहट। सवाल पूछते कई चेहरे, उसके आते ही अचकाते हुए टॉपिक चेंज हो जाना, खुद को खुद के साथ एडजेस्ट न कर पाने की तकलीफ और ज़िन्दगी में एक गुप... सन्नाटा।

डर और दुख एक साथ, एक तरफ शिखर के न होने का दुख, एक तरफ यह चिंता कि कहीं शिखर की फैमिली कुछ पापा-मम्मी को न करें। कहीं घर वाले मेरा स्कूल जाना या पढ़ाई न बंद करवा दें, कहीं मोहल्ले वालों को भी न पता चल जाए, तब पापा क्या सोचेंगे, भाई के दोस्तों को अगर पता चला तो वह क्या कहेगा उनसे।

यही सब सोचते-सोचते दिव्या तकिया में मुँह ढाप कर, फफक पड़ती। "शिखर... क्यों किया..... तुमने... बोलो सोना......?"

रोते-रोते पता नहीं कब नींद आने लगा, अभी सोई ही थी कि देह पर कसाव महसूस हुआ, कोई बाँध रहा हो जैसे, वो करवट होना चाहती थी। पर हाथ उसके दिमाग को सुन ही नहीं रहे थे। यह अपने ही घर में, अपने ही बिस्तर पर क्या हो रहा था उसके साथ? कानों में एक सीधी "टोऊऊऊऊऊऊ............" करती आवाज ....। "अ... आ... आ...!" दिव्य मुँह खोलती पर कुछ निकलता ही नहीं, आवाज भी उसके अंदर नहीं बची? वह चिल्लाना चाहती थी..... "म.... म्म ईईई......" उसके दिमाग में तो यह गूँजता था, पर आवाज नहीं निकलती... फिर कोशिश करती पर कहीं कुछ नहीं।

धीरे-धीरे पकड़ ढीली हुई.... फिर खत्म.... सनसनाहट भी चली गयी.... अब वह कंट्रोल में थी।

19.

शिवांग भटूरा को फोड़ कर ठंडा करता हुआ- "अरे यार परभु, जल्दी से दा मर्दवा... अचार माँगत ही भटूरा खतम होई जाई तब देबा?"

परभु पलटे से कढ़ाई में भटूरा छानते हुए, "भइया हइये तनी छान लेई तब देत ही.....गुस्सा ने मालिक।"

शिवांग- "अरे यह अचार बिना हमार भटूरवा लाचार होई गइल बा... स्कूलीयो के लेट होत बा ऊपर से.....!"

परभु ने कलछुल से अचार डिब्बे में से थाली में डाल दिया।

आप घुट रहे होंगे, गरिया रहे होंगे कि यह क्या बकैती है हम साला यहाँ किताब पढ़ रहे हैं, कि कोई नया विचार मिले पर यह दर हरामी लेखक यहाँ अचार के मुद्दे पर कई पैरा खर्च कर दिया।

देखिए भाई गुस्साये और गरियाएँ बिल्कुल मत। बात यह है कि यह भोस....., सॉरी-सॉरी गाली नहीं देंगे। हाँ तो बात यह है कि यह शिवांगवा आजकल स्कूल जाने के पहिले, सुबह-सुबह छोला-भटूरा का नाश्ता करता तब कहीं स्कूल से वास्ता होता।

अब आप तो समझ सकते हैं कि

"भूखे भजन न होई गोपाला

लइ लो आपन कंठी माला।"

तो हम सोचे पहिले इसको नस्तवा हुरवा दें तब आगे बढ़ा जाएँ। हाँ तो इसी क्रम में, जब तक यह लोग नाश्ता कर रहे हैं, हम आपको बता दें की गर्मी की छुट्टी गर्मी खत्म होने के पहिले खत्म हो चुकी थी। स्कूल खुले भी पाँच दिन बीत गया था।

क्लास में आजकल एक बात चल रहा था, दिव्या के बॉयफ्रेंड का सुसाइड,

कोई कहता, "बाबा... ओकर बपवे झटुआ के मार दिए होई।"

बगल वाला कहता, "तू ससुर लड़चट्ट हो..... हमसे ज्यादा जाने लो ओकरे बारे में..... ब्राउन सुगर लेत रहल... घरा वाले एक दिन निकरे नाहीं दिहिन... सोसाइड कई लिहिश।"

दिव्या अभी तक स्कूल नहीं आयी थी। अमाइरा घर पर जाकर कहती कि "यार तुम स्कूल चलो थोड़ा तो मन बेहलेगा।" पर वो दिन भर घर में एक ढीला-सा टॉप और पैजामा पहन कर पड़ी रहती। बाल भी नहाकर कभी हाथ से सही कर लेती, नहीं तो कभी वह अपने-आप ही सुलझ जाते।

अच्छा, नाश्ता खत्म हो गया।

"बाबा हिस्ट्रीय के प्रोजेक्टवा कियें हैं?"- शिवांग अमन से।

अमन – "हाँ बे... हम तो सबमिट कई दिहेन, रेख्वा पेलत नाहीं तो।"

साइकिल से दोनों ही बात करते हुए जा रहे थे। स्कूल से थोड़ा पहले, एक छोटा सा लड़का सड़क किनारे लैट्रिन करता हुआ, निहुर(झुक) कर अपने चूतड़ को देख रहा था कि कितना लंबा निकल रहा है, क्या निकल रहा था... वह नहीं लिखूँगा।

शिवांग ने उसके तरफ इशारा करके "एका देखो सारे के!" फिर उस लड़के से "बेटा स्केल दे दें... नपोगे?"

अमन – "बाबू जल्दी से करके खड़े हो जाओ नहीं तो दिव्या देख कर जोशा गयी तो उसका ले भी नहीं पाओगे।"

शिवांग, अमन और अभियेन्द्र स्कूल के गेट में घुसते हुए हँस रहे थे। तभी पता चला कि प्रेयर शुरू है। सामने ही सारे क्लास की लाइन लगी थी। दोनों झट से अपना बैग क्लास में रखे। शिवांग अपने बैग को रखते हुए अपने सीट के आगे वाले सीट पर देखा कि एक लाल और काले रंग का बैग रखा है, "यह तो दिव्या का बैग है!" शिवांग ने सोचा।

थर्ड बेल हिंदी की होती थी। आप सब हमारे स्कूलों के उदार हिंदी वाले टीचरों से परिचित तो होंगे ही। बेचारे बहुत सीधे थे यहाँ। सीधे "थे" नहीं "थी" श्वेता मैम। एक काम देतीं "इसका शब्दार्थ याद करके आना!" फिर अगले दिन खुद ही आगे वाले रो से पूछना शुरू कर देती। इधर वो आगे से पूछना शुरू करती की उधर

पीछे वाले रटने लगते ।

शिवांग भी पाँच शब्द अर्थ तुरंग पी गया... कि अभी कुल्ला कर देंगे ।

मैम भी सुन कर आगे बढ़ गयी ।

जैसे मैम हटी शिवांग के डेस्क पर जयन्त, शिवांग और प्रिंस तुरन्त सब किताब हटा कर पेन फाइटर खेलने लगे ।

ट्राईमैक्स जो कि अजय का पेन था। शिवांग का बटरफ्लो। प्रिंस जो कि कभी खेलता नहीं था, पर आज "भाई हम भी खेलब !" बोलकर अपने पाँच वाले एल्कोस से शुरू हो गया। दीवार के पास था प्रिंस, बीच मे अजय और दाएँ तरफ शिवांग।

शिवांग का पेन सीट के बीच में था, मतलब किसी भी तरीके से मारो गिरने की संभावना कम थी। अजय का पेन बीच में तो था पर सीट की चौड़ाई जहाँ खत्म होती है वहाँ पर। प्रिंस का शॉट था, उसका पेन खड़े-खड़े में अजय के तरफ पॉइंट करके रखा था।

प्रिंस को अपने पाँच वाले एल्कोस से, अजय के तीस वाले ट्राईमैक्स को गिरना था।

प्रिंस अपने दाँत से होंठ चबाता हुआ

"अब तो अजय पेला गये ।"

अजय "मारो बेटा अब्बे औकात समझ में आयी ।"

प्रिंस ने कैप के टिप पर स्ट्राइक मारा.... "टक", अजय के पेन से टच करता हुआ, "सन्न" से पेन क्लास के बीचों-बीचो मैम के पैर के पास।

तीनों, कॉपी जो कि बैग के ऊपर रखे थे, तुरंत निकाल कर तुलसीदास की तरह एकचित्त होकर पढ़ने लगे। मैम ने अजय और शिवांग को पेन फाइटर खेलते हुए कुछ दिन पहले पकड़ी थी। और कहा था, "अगर कभी फिर मैं देख ली तो सीधा प्रिंसिपल सर से कहूँगी।"

शिवांग के सीट पर देखते हुए डाँटकर, "यह किसका पेन है जी ?"

तीनों सकपकाये हुए मैम को देख रहे थे, कि तभी एक लड़की "सॉरी मैम ...दिस इज माइन" जो कि दिव्या थी।

               आना माना दोष

"अरे बेटा सही से रखा करो!" मैम।

आद्या के तरफ इशारा करके, "मैम इसी का हाथ लग गया।"

आद्या पैर से दिव्या के पैर पर मार कर, "हमको क्यों फ़साई रे?"

मैम ने पेन लाकर दे दिया।

आप यहाँ सिचुएशन को समझिए। बात यह है कि दिव्या पढ़ने में "ब्रिलियंट स्टूडेंट" है। तो यहाँ सात खून माफ वाला फार्मूला। मैम को लग भी गया कि गलती से मार दी होगी। फिर भी शिवांग, अजय और प्रिंस जो बेचारे सकपकाये हुए बैठे थे, वह धन्य हो गये।

दिव्या से अजय पेन लेते हुए, "बहुत-बहुत थैंक्यू यार।"

दिव्या एक सदा सा "कोई नहीं" कह के आगे मुड़ गयी।

शिवांग अजय से "बाबा यह हत्यारिन के मुँह कम लगा करो...."

अजय "भक भोसड़ी के!"

20.

कमरे का दरवाजा सटा था, तेज टी.वी. का वॉल्यूम, शिवांग धीमे से अलमारी खोल रहा था, इतने धीमे से की आवाज न हो, हाथ अलमारी खोलने के हैंडल पर, और कान "कोई आ तो नहीं रहा है।" इस पर, जल्दी से मम्मी के पर्स के आगे वाले चैन को अंदाज से टटोल कर उँगलियों से देखा, "हाँ... कुछ नोट थे, कई सारे नोट एक साथ मोड़ के रखे थे, उसी में से एक नोट खींच लिया.... पाँच सौ का। एक बार तो शिवांग का मन किया कि "इतना क्या होगा?" पर फिर भी जरूरत के साथ पैसा नहीं बढ़ता है पर पैसे के साथ जरूरत बढ़ जाती हैं।

फिर इस समय शिवांग को तो बहुत जरूरत थी पैसे की। कितना कोई घर से माँगे एक बार... दो बार... आज कल वो इसके पहले भी पचास -साठ रुपये यू ही निकाल लेता था। मम्मी को पता नहीं चला था या शायद ऐसा भी कि मम्मी ने शिवांग को पता नहीं चलने दिया कि उनको पता चल गया हो।

बात यह भी थी कि कल एक मैटर हो गया है। उस मैटर का मैटर यह है। नबुलवा ताल! नबुलवा ताल क्या है? अरे यह एक ताल था जो कि अब सुख कर मैदान हो गया है। इसी ताल में, देश के लत्ता, जु आड़ी, मवाली, गजेड़ी, चरसी, छिनार और जेबकतरा आकर जीतते थे... और पीटते थे।

ज्यादे डीप न जाऊँ तो आप जान लीजिए कि यह एक असंवैधानिक मैदानी कैसीनो था। बारहमासी यहाँ जुआ होता। देश के लत्ता अपने-अपने समय पर जुटते। कोनो अपने मेहरारू का बाली उठा ले आता। इस उम्मीद से कि जीत के हार बनवा देंगे। लेकिन समझ रहे हैं न..... गेम खत्म होते-होते लग जाती थी लंका।

यहीं के अन-ऑथेराइज़ प्रोपराइटर थे, अतुल सिंह। जो कि कुछ दिन से इसको अड्डा बनाये हुए थे। तो अतुल भइया यहीं कल उनके साथ मन्नू पांडेय, कुँवर गुप्ता, शिवांग और दो-तीन लोग। सौ वाला बैगपाइपर का पाउच, मिक्स भुजिया

नमकीन लेकर बैठे थे। तभी एक फोन आया।

"हेलो अतुल भइया... आदर्श बोलत ही बेहरियावा के।"

"हाँ बोलो बाबू।" - अतुल भइया।

"अरे अमनवा यहीं भागवत मार्किट के पीछे गली में है।"

"अच्छा रुका आवत ही।"

भागवत मार्किट पड़ता है पक्के साइड। गाड़ी का बेवस्था हुआ, और लड़कों को फोन हुआ "का हो कहाँ बाँटा, आवा तनी मैटर बा।"

अभी दस गाड़ी ही आयी थी कि उस लड़के का फिर फोन आया, "भइया चल जाई तो मौका चूक जाईल जाई, जल्दी करा तनी।"

फैसला यह हुआ कि भीड़ ज्यादे नहीं, बस कुछ लवंडे चलेंगे और माँ चो... कर चले आयेंगे। शॉकर पाइप (मोटर साइकिल का आगे वाला शॉकर) तीन लोग लिए थे। एक देशी बारह बोर का कट्टा। एक चौसठ एम.एम. का पिस्टल, करीब पच्चीस लड़के मैटर के लिए तैयार हुए।

एक लड़के को मारने के लिए इतना काफी होता है, पर साले पच्चीसों में से कुछ थे हरामी। क्योंकि इनके बीच मे जानते हैं, क्या चल रहा था, "बाबा अमनवा के गोल के कम ने समझ। दुइ सौ लड़के तो ओकरे साथे हमेसा रहे ले, कहूँ पेला गया गे, तो झाट जौन इज्जतिया पनिया बा, उहो चल जाई।"

पर शिवांग, एक्साइटेड था। आज पहली बार उसको इतने बड़े मैटर में खुद जाने का मौका है, अभी तक किसन उसे अपने पुराने मैटर का हाल सुनाते थे, वह सुनता था। "राहुल पड़वा ओकरे मुड़िया में छत्तीस दाई अद्धा मारे रहा, हमन के तो गाड़िये फाट गे, कि कहूँ सार मार ने डाले।" अब वह भी अपने स्कूल में बताएगा। जब इंटरवल में नल के पास सब लड़के इकट्ठा होते हैं।

गाड़ी निकल गयी। सात मोटरसाइकिल पर तीन तीन लवंडे। पर पक्के पहुँचते-पहुँचते बचा पाँच गाड़ी, पक्के पर खबर लीक हो गयी "अतुल सिंह आवत हिन!"

गाड़ियाँ भागवत मार्केट के गली के बाहर कुछ देर रुकी। क्योंकि अंदर एक कार्यालय नुमा कुछ था। बात अगर वहाँ पहुँच गया तो बहुत लड़के आ जायेंगे। लेकिन गली में एक लड़का टहल कर किसी से फोन पर बात कर रहा था, यह कौन है?

"शिवांग!" अतुल भइया ने बोला "तनी अंदरवा जाए के देखा, अमानवा है का? अगर होई तो आपन दायाँ हाथ ऊपर कई दिहो।"

शिवांग को अमन पहचानता नहीं था और वह हाइट में भी छोटा था, तो वह देखने में अभी ज्यादे बड़ा भी नहीं लगता था। तो उस पर अमन का शक भी नहीं जाता।

वही लड़का जो गली में खड़ा है, वह फोन पर बात करता हुआ टहल रहा है, उसका पीठ इन लड़कों के तरफ है।

शिवांग को थोड़ा तो टेंशन था, फिर भी शिवांग जैसे ही गली में घुसा, वह लड़का फोन पर बात करता हुआ मुड़ गया। शिवांग ने उसको देखा, थोड़ा और ध्यान से, हाँ यह चेहरा उसी प्रोफाइल पिक से मिलता है। जो अमन के फेसबुक पर है, यही अमन है। शिवांग फिर भी उससे दूर था, पर अमन ने जैसे देखा इतने लड़के गली के बाहर है, उसे आभास हो गया कि "फील्डिंग सेट है।"

अमन भागा, चिल्लाते हुए "भाग तेरी माका चो... माधर चो..." यही गालियाँ देते हुए वह उसी गली से बाहर निकला, जहाँ गाड़ियाँ खड़ी थी, फिर भी गाड़ी पर सभी लोग बैठे रहे। गाड़ी जब तक स्टार्ट होती। अमन का आवाज सुनकर गली से पचास साठ लड़कों का एक जत्था, जो कि शायद उसी कार्यालय पर बैठे थे, निकल आये। गली में कोई खास लाइटिंग नहीं थी, एक हैलोजन सिर नीचे करके, चक-चक करता हुआ जलता फिर बुझ जाता।

उस तरफ लड़के इतने ज्यादा थे, कि इधर अतुल सिंह के लड़के संपात कर गाड़ी स्टार्ट कर ही रहे थे कि सामने से उन्हीं लोगों के तरफ आग का शोला आते हुए दिखाई दिया। जमीन पर गिरा तो लपट ही लपट "भक" करके बिखर गई। वह अतुल सिंह के गाड़ी तक तो नहीं पहुँची फिर भी कुछ ही दूर पर पड़ी। शिवांग एक किनारे खड़ा था, उसके चेहरे पर उसी आग की लपटों की परछाई लाल-पीली खेल रही थी।

इधर अतुल सिंह भी चुप नहीं बैठे... शायद बैठ भी नहीं सकते थे, "पट्ट" से एक आवाज होई। अतुल सिंह ने फायरिंग किया था। हवाई, सब गाड़िया जल्दी-जल्दी मुड़ने लगी। सारी गाड़िया चली गयी बस एक ब्लू कलर की डिस्कवर, जो की मन्नू पांडेय की थी वह खड़ी दिख रही थी। शिवांग अकेला खड़ा रहा हिम्मत करके, एकदम हिला नहीं कि किसी को शक न हो। तीन चार पेट्रोल बम्ब और गिर चुके थे,

शिवांग का हाथ पसीना पसीना, एकदम साँस तेज चल रही है, फिर भी खुद को यू ही दिखाना है, कि उसे कोई दिक्कत नहीं है।

उसके मन में आया कि मन्नू पांडे के पास जायें, सिर नीचे करके गली के उस पार हुआ।

मन्नू पांडेय पी ज्यादा लिया था और जैसे अमन को भागते देखा, यह भी उसके पीछे, लड़खड़ाते आवाज में गरियाते हुए भागने लगा "तूरी मइया के.... मन्नू पांडेय आये ही रे माँ....... द!" और ऐसे ही गरियाते हुए भागता हुआ, सड़क पर मुँह के बल पट के गिर गया। किसी को उसका होश ही न था कि उसे ले लें।

शिवांग उसके पास पहुँच कर "ये मन्नू भइया" मन्नू आधे खुली आँखों से उसको देख रहा था। जहाँ दायीं आँख के ऊपर खून थे, सिर सड़क पर गिरने के वजह से फूट गया था।

मन्नू, आँखें उसकी बंद हो रही थी, फिर भी खोलने का कोशिश करते, शिवांग को गौर से देख कर बड़बड़ा रहा था।

मन्नू – "मराइ अमानवा माधरचोद, बाऊ साहब के बात है।" (बाऊ साहब उर्फ अतुल सिंह)

शिवांग- "अरे यार तोहार गड़िया कुल फुके(जलाने) जात हिन।"

मन्नू फिर लड़खड़ाते आवाज में "कउन माद... चोद... हमार गाँडी फूँकी?" खड़ा होते हुए, सीने पर बाएँ हाथ से मारता हुआ "मन्नू पांडेय नाव है रे माद... चोद!" सड़क किनारे वह चिल्ला रहा था, और शिवांग उतना ही टेंशन में "शांत रहा नाही तो कुल तुहु के फूक (जला) दिहे।"

फिर लड़खड़ा कर खड़े होने की कोशिश में वह शिवांग को पकड़ा, "बाबू ते टेंसन ने ले, सब मराइ।"

शिवांग के दिमाग का दही, फिर मन्नू के मोबाइल से अतुल सिंह को फोन किया। " अरे यार भइया हम लोगों को यहीं छोड़ दिये हैं।" फिर तुरन्त एक गाड़ी से दो लोग आये जो शिवांग और मन्नू पांडेय को रिसीव किये और मन्नू की गाड़ी को ले गये।

लेकिन वारदात तो यहीं खत्म हो गया, पर बात यहीं खत्म नहीं हुई। शिवांग का स्कूल जो शहर के एक कोने में पड़ता है और जो अमन के एरिया में आता है।

इसलिए ही अब शिवांग को अपने बचाव के लिए अपने पास एक चाकू, एक पंच रखना जरूरी था।

इस कारण ही चाहिए था रुपये, और रुपये पाने का एक तरीका सबसे आसान है, किसी का पैसा चुराना। पर ऐसा भी काश हो कि किसी के पैसे के साथ हम उस आदमी के पसीने को भी चुरा सके जिससे उसने वह पैसा कमाया था।

21.

एक मग पानी डाल कर, शिवांग फिर से पैंट के पीछे वाले हिस्से को ब्रश से रगड़ने लगा, लेकिन फिर भी एक हल्का कत्थई रंग जो कि, स्कूल के सीट से पैंट पर लग जाता है वह छूट ही नहीं रहा।

मम्मी ने आँगन के तरफ आते हुए बोली, "जा हमार पूता(पुत्र)।" हँस कर "काओ हर दूसरे दिन पैंटवा धुलेले रे, कहिला की तीन-चार दिन बाद धूल देब... अब सफेद कपड़ा है तऽ गन्दा नाहीं होई।"

बात यह है कि अगस्त आ गया, अगस्त का पहला 15 दिन स्कूल में पढ़ाई का चूल्हा जरा हल्के आँच पर जलने लगता, और पंद्रह अगस्त उर्फ इंडिपेंडेंस डे की तैयारी, हौहारी(तेजी) से होने लगती है। टीचर आ आकर क्लास में कहते, "जिसको-जिसको डांस में पार्टिसिपेट करना है वह जाकर शिखा मैम को गाने का सी डी दे दे। जो भी अपना नाम स्पीच में देना चाहता है हाथ उठा दे।, किसी को सिंगिन में पार्टिसिपेट करना है?" यही सब होता। बच्चे आधे क्लास में रहते, आधे बच्चे चले जाते। कोई जबरदस्ती। कोई अपने मन से। कोई अपना टैलेंट दिखाने, कोई किसी का टैलेंट देखने। इसी चक्कर में शिवांग उपाध्याय भी कभी इस क्लास में बाहर कभी उस क्लास के बाहर खड़ा होकर लोगों का टैलेंट देखते और उस पर कमेंट करते हुए अपना टैलेंट दिखाते। इस सब क्रिया के क्रियान्वयन में खड़ा होना पड़ता जिससे पेंट के पीछे वाले हिस्से पर कत्थईपन कुछ ज्यादे नुमाया रहता। इसी दाग को खत्म करने के लिए यह बेचारा, तीन मग्गा पानी और दस वाले रिन की आधी पुड़िया घिस दिया था। शिवांग जो कि कभी अपना अंडरवियर और रुमाल छोड़कर कुछ धुले नहीं थे और जो स्वयं खुद का भी अभियेन्द्र हफ़्ते में एकाध बार ही करते थे। इतना हाईजैनिक कैसे हुआ? इसको भी समझ लीजिए।

एक दिन बेचारा दिव्या से कुछ बतिया रहा था या शायद कुछ बता रहा था।

तभी जैसे वो हल्का-सा अपना हाथ ऊपर किया, कि दिव्या के चेहरे पर कुछ टेढ़ी-मेढ़ी लकीर बन गयी। उस समय तो न वह कुछ बोला और न दिव्या। पर शिवांग घर पहुँच कर, कपड़ा उतारने के बाद जब अपना अंडर आर्म महकने की कोशिश किया। तो एक खारी-खारी की बढ़ी भीषण बदबू उसे महसूस हुई और तभी से अपने नित्यकर्म में "स्नान" को भी लेने लगा। लड़की, वह चाहे गर्ल फ्रेंड हो, बस फ्रेंड हो या कुछु हो। लेकिन लड़की तो लड़की है। लड़के बेचारे, उसे खुश करने के लिए, कितना अव्यक्त तपस्या करते हैं, किसे आभास?

यहाँ भी एक ऐंगल लड़की का था या लड़कियों का कह सकते हैं।

अजय जो कि डांस बहुत अच्छा करता है। उसका था पंद्रह अगस्त को परफॉर्मेंस। तो वह अपने प्रैक्टिस के लिए, वहीं ऊपर वाले कंप्यूटर लैब में अपना स्पीकर और पेन ड्राइव लेकर जाता था। जहाँ दिव्या, अमाइरा, आद्या, जोहरा और कई लड़कियाँ उसका डांस देख कर "वाव यार" करती। इससे शिवांग अजय से उनका (दिव्या, अमाइरा, आद्या) क्लोजनेस हो गया। क्योंकि वह उन्हीं के सीट के आगे बैठती थी। इसलिए शिवांग को इतना तो शर्म था ही कि भगवान मुँह में भले कई डिफेक्ट दिए हो पर जो मेरे हाथ मे है, उसका कुछ तो देख-रेख रखे। तो इस कारण, पहिले वी-मार्ट से सौ वाला, जींस, रुमाल लेकर आया। इसके पहले वह रुमाल में जेंडर डिफेंसीएशन नहीं करता था और एक "शॉट" का डीओ भी जिसको रुमाल पर और जहाँ-जहाँ आप मारते होंगे वह भी सुबह मार कर ही घर छोड़ता। पहले इस मामले में भी वह मम्मी का डिओ मारता, वह भी तब, जब शादी वगैरह हो।

सफेद, काला जूता भी, सफेद काला ही दिखता, वह भी रेगुलर। काले जूते के लिए वह एक खराब कपड़ा, बेग के बोतल रखने वाले हिस्से में रखता।

इसका मतलब कला कितना भी खराब रहे पर भौकाल मेंटेन रहना चाहिए।

और हाँ, लक्षण के साथ-साथ थोड़ा-सा अंतःकरण भी बदला था। दिव्या के कैरेक्टर के बारे में लोग जितना भी छि छा लेदर फैलाये थे। अब अगर शिवांग के सामने कोई कुछ कहता, तो वह उसमें कुछ ऐड करने के बजाए, चुपचाप सुन लेता और दिव्या भी अब शिवांग के हरकतों और बातों को एन्जॉय करती। आप वैसे शिवांग को एन्जॉय करने के अलावा कुछ कर भी नहीं सकते।

अजय अलग असमंजस में, साठ दिनों में, दो लड़कियों से लगाव और सुनने

में यह भी आता है कि इसके गर्लफ्रेंड हैं, हम भी कन्फर्म नहीं है, अब आप (जो कि मेरे किताब को पढ़ रहे हैं) हमको गरियायेंगे, "भोसड़ी के तुम किताब लिख दिये पर तुम्हें कुछ कन्फर्म नहीं है।" पर दुविधा यह है की अजय को खुद कन्फर्म नहीं कि "एटलीस्ट जो बाँह में है, वो चाह में है कि नहीं।" एक लड़की जो कि इसके ही डांस क्लास में है इसके साथ ही डांस करती है, उससे यह फोन पर बात करता है दो-दो घंटे पर ऐज अ फ्रेंड। पर कभी-कभी वह भी और किसी से कहिएगा मत तो यह भी। सोना-बाबू, लव यू, मिस यू और वह क्या कहते हैं, "कुच्ची-पुच्ची" कर लेते हैं। अच्छा, हमको यह नहीं समझ में आता है कि यह दहिज्ञा कुच्ची-पुच्ची आया कहाँ से? चाइना वाले भी अपना डिक्शनरी पलट लिए, कुछु नहीं मिला। लेकिन जाने दीजिए इस क्षेत्रीय मुद्दे के लिए अंतरराष्ट्रीय बहस में क्या फँसना।

तो यह आदमी(जयन्त) बड़ा कंफ्यूज है। पर स्कूल वाले मसले में उसको एक सौ एक परसेंट लब ही हुआ था। पहिले हुआ सुष्मिता से, फिर जब उसको यह ज्ञान हुआ कि इस पेड़ पर कितनो ढेला मारे, उल्टे ढेलवे गिरेगा फल नहीं तो वह चुपचाप दूसरे पेड़ पर चला गया और दिल अबकिर अटका दिव्या पर।

शिवांग ने वोर्न भी किया "भोसड़ी के शिखरवा भूत बन के दौड़ाई तब सुधरबा।"

फिर भी मामला अभी तक प्यार तक ही पहुँचा, इजहार नहीं। दिव्या भी थोड़ा नये लोगों के साथ, एडजस्ट होना सीख रही थी लोग थोड़े-थोड़े यह कहते कि "अभिन शिखरवा मरल अउर एकर रंडियाना शुरू!" कुछ वह सुन लेती कुछ उसको सुनना इसलिए पड़ता कि आप आवाज का जवाब दे सकते हैं। शोर के लिए यही बेहतर होता है कि आप अपना कान बंद कर लें।

दिव्या जो कि दो महीनों से मायूसी, उदासी, अँधेरे में रोज रोज दिन और खुद को काट रही थी। उसको हँसी तो अब भी नहीं आता, पर कभी-कभी इनके(अजय एन्ड शिवांग) बिन सिर-पैर की बातों पर उसके अक्सर संजीदा रहने वाले होंठ, मुस्कुरा देते।

अभी भी उसके ज़िन्दगी के कुछ सवाल काले साये से, उसके कमरों से लेकर उसके बेग तक में रहते। वह अँधेरा-उजाला नहीं हुआ था पर हाँ, यही दो जुगनू उसमें आकर वक़्त बेवक्त टिमटिमा देते।

चलिए, देखते हैं, यह जुगनू दिव्या का अँधेरा खाते हैं, या खुद दिव्या का अँधेरा इन्हें खा जाएगा।

22.

जैसा कि हिंदुस्तान में हर प्राणी के अंदर बाई डिफॉल्ट, ब्रेकर के बगल जो थोड़ा-सा रास्ता छूटा रहता है, उससे गाड़ी निकालने की कला रहती ही है। उसी तरह शिखर ने भी दिव्या को बैठाकर गाड़ी किनारे से निकाल ली। फिर भी आगे अभी मोटर साइकिल का पहिया पचास से साठ बार मुश्किल से घुमा होगा, अरे... मतलब अभी कुछ दूर ही बाइक गयी होगी कि शिखर अपने पल्सर के आगे वाले डिस्क ब्रेक को "खच" से दबाया और दिव्या का सीना झटका से शिखर के पीठ पर लड़ गया।

दिव्या को तुरंत भान हो गया कि इसके अंदर कौन-कौन से भाव जागृत हो रहे हैं।

दिव्या ने शिखर के पीठ पर एक धमक्का रखते हुए बोला, "देखिए... आदरणीय शिखर जी, यदि आप की यही हरकते रही तो हम अभी आपके ही पर्स से पचास रुपये लेकर, आपके ही गाड़ी को लात मार कर चले जायेंगे। इस कारण अपने भाव के नाव पर अपना नियंत्रण रखिए, यदि आपको शुद्ध हिंदी ग्रहण करने में विडम्बना लग रही हो तो आपके सुविधा के लिए आपके भाषा में भी अनुवाद कर देते हैं, हरामखोरयि मत करो... समझे शिखरवा।"

शिखर केवल उसको सुनते हुए मुस्कुरा रहा था। उसके बाद एक बार फिर ब्रेक मार कर .....बाइक का स्पीड खूब तेज़ कर दिया। दिव्या बाइक का बैक सपोर्ट पकड़ कर बैठ गयी और खूब तेज़-तेज़ हँस कर शिखर से कहने लगी, "देखो.... हरामखोरयि मत करो... समझे..... धीरे कर धीरे कर... बहुत हो गया...!" पर वह एन.एच. 28 पर और तेज़ भागाने लगा...।

दिव्या के खुले बाल इधर-उधर फहरने लगे.... उसकी टाई भी हवा के साथ उठने लगी.... पीछे के तरफ।

शिखर बाइक चलाते हुए बोल रहा था, "अच्छा मारी हो मुझे... और मारो... और मारो.... माअ रो मुझेएए... मआ रो मुझेएएएहृ माअअअरो...."

धीरे धीरे उसकी आवाज गूँजने लगी... जैसे चारों तरफ से आ रही हो... जैसे सब तरफ से वही बोल रहा हो... "मारो मुझे मारो मुझे....." फिर आवाज भारी होने लगी... और मोटी भी "मा रो मुझ ए।"

दिव्या को सोए-सोए पसीना आने लगा... उसके रोम-रोम से पसीने की बूँदें उभरने लगी.... और सोए-सोए ही... वह सिर इधर-उधर पटकने लगी... हाथ तो उसके सुन हो गये थे। जैसे किसी ने दोनों को पकड़ लिया हो... दोनों हाथ बिस्तर में... वह सिर झटकने लगी.... दाएँ-बाएँ लगातार... साँसे तेज़... फिर अपना सारा ताकत बटोर कर चिल्ला उठी, "मम म ई ई ई....." उठ के बिस्तर पर से बैठ गयी.... हाँफते हुए.....

मम्मी जो कि उसके साथ ही सोई थीं... वह और दिव्या की बहन दीपांसी। पहले तो कुछ देर पूछी कि "क्या हुआ बच्चा.... बोलो बाबू...?"

"दीदी क्या हुआ.... पानी दें...?"

फिर जब दिव्या के आँखों में अथाह सुनापन देखा.... तो उसको अपने सीने से लगाकर मम्मी उसका माथा सहलाने लगीं... बीच मे वह गायत्री मंत्र बुदबुदाती, फिर दीपांसी से बोलीं "बाबू, पूजा वाले अलमारी से कपूर और लौंग लेते आओ।"

दिव्या की मम्मी करीब रात भर.... दिव्या के सिर को हथेली से सहलाती रही... और दिव्या की बहन ने उसके तलवो को ...रगड़ते हुए कुछ देर में नींद से बोझिल होकर अपने भी उसके पैर के पास ही लुढ़क गयीं।

23.

शिवांग टाई को लूज करके, हाथ में थोड़ा पानी लगा कर, अपना बाल थोड़ा-सा "मॉस्चराइज" करते हुए क्लास में घुसा।

पूरा क्लास खाली, क्योंकि गेम पीरियड था और पंद्रह अगस्त में मात्र दो दिन बचे थे। इस कारण खाली समय में सब बच्चे ऊपर डांस की प्रैक्टिस देखने -लेकिन मैं यहाँ झूठ नहीं बोलूँगा, लड़के, लड़कियाँ ताड़ने, अरे सॉरी अमर्यादित शब्द आ गया, मतलब कन्या दर्शन करने गये थे।

हाँ, तो शिवांग क्लास में पहुँचा की देखता है उसके सीट के एक सीट आगे, एक कन्या, अरे लड़की, बिलख-बिलख के रो रही है।

शिवांग कौतुहलवश आगे जाकर देखा, अमाइरा! बड़ा धर्म संकट। एक लड़की रो रही है, कायदे से उसको सिमपेथी देना चाहिए। लेकिन शिवांग अपने ज़िन्दगी के सोलह साल में सिवाए मज़ा लेने के ओर कुछ सीखे ही नहीं।

पहिले सोचा कि झाँपिला के उठाएँ, लेकिन फिर जैसे हाथ आगे किया ध्यान आया कि, "अरे लड़की है, ऐसे कैसे पीठ पर हाथ रख दें, कहीं कुछ ऐसा-वैसा न समझे।"

फिर बड़ा सोच-विचार कर, हाथ पर उँगली कोंचते हुए बोला, "अम.. मायरा, क्या हुआ जी?"

अमाइरा हेड डाउन से सिर उठा कर, शिवांग के तरफ, "कुछ नहीं मैं, मैं ठीक हूँ।"

शिवांग के बुद्धि में लुपलुपाते हुए, ट्यूब लाइट जला, क्योंकि अभी कल ही फेसबुक पर (pyar wali shayari) पेज पर उसने पढ़ा था "जो कहता है मैं ठीक हूँ उसको ही सबसे ज्यादा तकलीफ रहती है।"

यही बात शिवांग सिरियस टोन में अमाइरा से बोल दिया।

अमाइरा – "कुछ नहीं जरा पर्सनल प्रॉब्लम है... बतायेंगे पर बाद में।"

"चलो ठीक है बहन.... कोई नहीं।"

हाँ, आपने बिल्कुल सही पढ़ा "बहन", क्योंकि शिवांग इन लड़कियों से क्लोज ही इस कारण हुआ था, क्योंकि उसके लाइफ में "मुस्कान" थी नहीं(अरे वही वाली लड़की), फिर भी शिवांग मुस्कुराता था और मुस्कुरवा देता भी था, बस इस कारण यह सब इसको लेकर एक सॉफ्ट कार्नर रखती थी। फिर भी इसकी हरामखोरीयत का पराकाष्ठा देखिए, यह इसी सिमपेथी के लिए जब जब इसको लगता कि दिव्या इसके तरफ देख रही है, वह कॉपी के पीछे (muskan) का नाम दिल में बनाकर तीर लगा देता, ताकि दिव्या देखे और उसको सिमपेथी दे, "यार शिवांग... यू डिज़र्व बेटर, डोंट बी सेंटी।"

मुझे याद नहीं की मैंने इस किताब में आदित्य का चरित्र चित्रण किया है कि नहीं, और इतना फुर्सत भी हमें नहीं कि पलट के देख सके, लेकिन संछेप में इतना जान लीजिए कि आदित्य यदुवंशी, तीनों काल के परे, न भूत, न वर्तमान, न भविष्य इन सबको छोड़ बस भौकाल में जीते थे ।

इसी समय देख लीजिए, अमन जो कि किसी भी तरफ से नापिये पूरा जोड़-घटा कर मात्र 5 फुट से ज्यादा नहीं होगा -वो भी मुश्किल से -पर आदित्य खड़े-खड़े 6 फुट पाँच इंच का। पूरा का पूरा था। और अगर आपको जात-पात के बारे में पता है तो यह भी देखिए कि आदित्य यादव है, "अहिर" "अहिर के लाठी गहिर" और अमन श्रीवास्तव "कायस्थ"।

अरे नहीं, महतारी कसम खाकर कह रहा हूँ मैं थोड़ा भी किसी के जातीय भावना को ठेस नहीं पहुँचाना चाहता। एक कॉमन विव पॉइंट है, बस,यू पी, बिहार में। हाँ आपको एक और तकलीफ होगा कि मैं क्यों यह सब बात कर रहा हूँ। उसका जवाब है कि जो आदित्य है, वह प्रतीक यादव नामक अपने बिरादर पर गुस्सा है या शास्त्रीय भाषा में बोलूँ तो, झट्टूआया है।

प्रतीक यादव मुँह नीचे करके, क्लास के कोने वाले बेंच पर बैठ कर हँस रहा है, लेकिन पूरा क्लास को भ्रम है कि "प्रदीपवा के गाँड फटल बा।"

क्यों "फटा" है? अरे... वो बात यह है कि आदित्य जो अभी चिल्ला रहा है... "देख प्रदीपवा ... तोका हम यादव के नाते कुछ कहत नाहीं हई, नाही तऽ कोनो और होत... ?" ...दोनों हाथ को मुट्ठी बनाकर फैलाते हुए "तऽ फाड़ डालती, कनवा

खोल के सुन ले.... !"

इसका कारण भी एक कन्या है आदित्य और प्रतीक निष्ठ, शिष्ट, विशिष्ट और घनिष्ठ मित्र हैं..., सॉरी "थे" । ....लेकिन आज एक कन्या के कारण इस दोस्ती की लौ..... लग गयी। यह अवाच्य धारणा मेरी नहीं, क्लास के सभी... गणमान्य विद्यार्थियों की है।

यह चिल्लाना तक तो ठीक, लेकिन अभी कुछ देर पहिले तो मारने जा रहा था.... नहीं नहीं जान से नहीं, बस मारने.... लेकिन अमनवा पकड़ लिया... पीछे से.... "बाबा जाए दे यार... कोनो बात नाहीं।" फिर आदित्य ने सच में जाने दिया लेकिन बात यह है कि उसका मन था कि कोई उसको रोके। ताकि एक्शन न लेना पड़े। मार न हो । इसलिए आदित्य बस चिल्लाता रहा।

किसलिए चिल्ला रहा था? मामला यह है कि यह... दत-चियारा(दाँत निकल के हँसने वाला) प्रतीकवा जो है। वो अमाइरा के सीट पर इंटरवल में लिख दिया था "I LOVE YOU" अमाइरा पढ़ी पर समझ नहीं पाई की लिखा कौन है... कुछ देर इधर-उधर पूछी जाँची, पता चला की प्रतीक लिखा है।

वह उसके सीट पर गयी।

अमाइरा- "क्या लिखे हो जी?"

प्रतीक घाघ के तरह उसको ताकता रहा

अमाइरा ने फिर पूछा... "कुछ बोलो गे?"

प्रतीक फिर सन्न..

अमाइरा – "चेहरा देखे हो अपना... ऐसा लगता है। गाये के गोबर में कोई मुखौटा बनाया है... जितना कड़ु का तेल तुम्हारे बाल पर रहता है... गार दें तो... दो दिन मेरे यहाँ सब्जी बन जाये ।"

बोल कर अमाइरा अपने सीट पर चल गई...

प्रतीक के बगल में बैठा ...दिनकर अग्रहरि। हँसते-हँसते दोहरा गया... गिर-गिर गया "जा बानर सारे... कुछ बोले काहे नाहीं ।"

क्लास में हल्ला "अमाइरवा प्रदीपवा के पेल दिहिस ।"

फिर भी पता नहीं क्यों... जब सभी बच्चे ग्राउंड में थे, अमाइरा उस समय, इस शौर्य प्रदर्शन के बाद भी रो रही थी । अब इसके बारे तो हम कुछ बता नहीं सकते

कि क्यों रो रही थी

"जगत है पाने को बेताब

नारी के मन की गहरी था।"

-बच्चन

फिर भी कोई नहीं जानता, लड़कियों को

"कभी धूप है कभी छाँव है

बर्फ कभी अंगार"

- कुमार विश्वास

इसी क्रम में शिवांग भी देखा। उसने ग्राउंड में जाकर बताया दिव्या को, दिव्या भागती हुई थोड़ी परेशानी में अंदर आयी, जिसको ताड़ता हुआ आदित्य आया और फिर हुआ ये जो अभी अपने देखा, मतलब पढ़ा। प्रतीक और आदित्य का कलह।

अच्छा यहाँ यह भूल, भूल के भी मत कीजिएगा, कि आदित्य बहुत नेक दिल, जो की बेचारी नारी का डिफेंस कर रहा है।

पर यहाँ एक मतलब है, मतलब यह कि दिव्या, जो कि अमाइरा की "बेस्टी" थी उसको आदित्य "लाइक" करता था ।

हनी सिंह ने पहले ही यह अभूतपूर्व युक्ति लोगों को बता दी थी, अपनी रचनाओं के द्वारा-

"अब तेरी बेस्ट फ्रेंड को पटाऊँगा।"

पर आदित्य बस दिव्या के बेस्ट फ्रेंड के बहाने दिव्या पर इम्पेक्ट उफ प्राभाव डाल रहा था। बस इतनी सी बात है।

इसीलिए वह इस प्राभाव डालने के चक्कर में, अपने मित्र "प्रदीप" को घाव नहीं देना चाहता।

हाँ, तो आदित्य जो है वह केवल इस समय दिव्या को देखता और फिर डायलॉग के तरह बोलता, "पूरे नवल्स अकेडमी में केहू के औकात नाहीं बा की अगर आदित्य यदुवंशी कुछ बोल दें तो ओकर जवाब दइ दें।" फिर कनखियों से दिव्या को देखता।

शिवांग का आदित्य के साथ अच्छा-खासा उठना-बैठना खाना-पीना घूमना-फिरना था। और वह आदित्य के इस आदत से भी भली-भाँति परिचित है कि "ई भोसड़ी के बस भौकाल लेत बा।"

आदित्य दिव्या को सुना रहा है, यह बात शिवांग और अजय सुन लिए थे॥ मतलब देख लिए थे। शिवांग आदित्य के सीट पर बहुत देर तक देखा की वह क्लास के राइट वाले रो के बीच वाले हिस्से से बड़बड़ा रहा है।

शिवांग एक नज़र दिव्या को भी देखा कि वह इरिटेट हो रही है।

शिवांग आदित्य से जरा झुंझलाते हुए "चला यार अब हो गें।"

आदित्य "अच्छा उपधिया बाबा, तू बताओ केहू के औकात बा ए क्लासिया में?"

शिवांग – "नाहीं-नाहीं बैठ जा, अब सुन लिहिश जेका सुनावत हो।"

आदित्य तमतमा गया - " तोहरो शिवांग उपधिया ढेर देखत ही आजकल। दोस्त समझिला तऽ एकर माने मुड़ी पर चढ़बो... के का सुनावत ही?"

शिवांग ने बेफिक्री से बोला "अच्छा भइया तेहि महान... चुप होबा की नाहीं अब।"

आदित्य "नाहीं चुप होब।"

शिवांग उसके तरफ से सिर हटा कर, अजय को आँख मारते हुए धीमे से बोला "तऽ चुप करा दिहल जईबा।"

आदित्य "काओ बोलला है, तनी हमहू सुनी।"

अजय बीच बचाव में, हँस कर "जा सारे ते तो अउर गरमा जा ले।"

शिवांग आदित्य को सीट पर घूर रहा था पर आदित्य वापस अपने सीट पर बैठ गया।

छुट्टी में जब सभी बच्चे लाइन बना कर, क्लास से निकल रहे थे- कोई किसी को गिराते, कोई खुद को बचाते- उस समय दिव्या जो कि शिवांग के पीछे ,अपने जूते से उसके जूते पर मारते हुए "बहुत सही किये.. गैंडा ... को चुप करा कर.... इस बार थैंक्यू मेरे तरफ से....!"

शिवांग "गैंडा कौन जी?"

दिव्या "आदित्य।"

24.

दिव्या पिछले आधे घंटे से तकिए पर लेटी देख रही थी सीलन को, लेकिन आँख कहीं था, और दिल... खैर दिल-विल छोड़िए उसे बहुत बेचैनी और मायूसी महसूस हो रहा था। बगल में उसकी बहन उसके तरफ करवट करके सो रही थी। दिव्या का मन उचट रहा था, पता नहीं क्यों।

कुछ देर पहले वह अपना आँख एक नॉवल पर ही गड़ा रखी थी, लेकिन मन कहीं, नयन कहीं। सारे अक्षर मिल कर दिमाग़ में एक ही तस्वीर खींच रहे थे "शिखर"।

वह अचानक उठी, स्कूल बैग के पास गई, एक कॉपी निकाला, आगे वाले चैन से एक पेन, कॉपी को पलट कर एक पन्ना सादा-सा खोला... लिखना शुरू किया। यही आदत थी उसकी, जब कुछ ऐसा होता था, जिसको न कोई सुन पाता न वह सुना पाती किसी को, तो निकाल एक सादा पेपर, लिखने लगती।

"शिखर कभी सोचा था तुमने कि उस समय जब तुम और मैं, हम हो गये थे। जब तुम मेरे अंदर उतरने के लिए, मेरे शरीर के बीचो-बीच एक दरार खोज लिए थे। वही पल उसी समय मैंने भी अपना सारा तुम्हें सौंप दिया था, जिस देह को मैंने अपने साथ सत्रह साल तक पाला, जहाँ अभी तक मेरे सिवाए सिर्फ मेरा तौलिया पहुँचा था, तुम वहाँ भी पहुँचे। वहाँ भी उतरे तुम, तुमने उसे भी चूसा, चूमा। उसी टटोलते, चूसते, चूमने समय तुमने मेरे देह के खेत में कुछ बो दिया। कोई तुम्हारे जैसा या मेरे जैसा अब मेरे अंदर, उसी दिन सींचा था उसको तुमने, हाँ, शिखर.... हाँ... आई एम प्रेग्नेंट।

आज भी मैं अपने घर पर, अपने मम्मी के आँखों में एक बच्ची ही हूँ, क्या होगा जब उन्हें पता चलेगा कि उनके कोख से निकले हुए बच्ची के भीतर भी एक बच्चा पल रहा है। कोई दिक्कत नहीं होती उनको अगर यही तब होता जब वह मेरा

कन्यादान कर देती। पापा को भी कोई दिक्कत नहीं होता तब, पर अभी तो मेरी शादी नहीं हुई है, बोलो क्या करूँ इस स्थिति में। तुम्हारे तरह खुद को गोली मार लूँ, या जाकर यहीं बच्चा तुम्हरे घर वालों को दें दूँ, की "लीजिए इसे शिखर ने गलती से मेरे पेट मे छोड़ दिया था।"

नहीं ना, नहीं कर सकती यह सब, कैसे कर सकती हूँ। अब केवल तुम्हारी विधवा गर्लफ्रेंड ही नहीं किसी की और कुछ हूँ, इसकी माँ हूँ। तुम सोच रहे होंगे कि यह कैसी बहकी-बहकी बाते कर रही हूँ मैं, "आई शुड अबोर्ट इट" बट हाऊ कैन आई? इट इज मोर देन एट वीक्स, एंड आई एम बिलो एटीन। मम्मी-पापा को बताना पड़ेगा इसके लिए, कैसे बताऊँ, बताओ?

शिखर तुमको आज तक याद करती थी। की तुम चले गये, की तुम नहीं आओगे, की क्लास भर क्या-क्या बातें करता है। पर कल जबसे मुझे पता चला है इसके बारे में, सच बताऊँ हार चुकी हूँ मैं। जैसे लग रहा है, इतने सारे लोगों में मैं कोई अलग जीव हूँ। अब तुम्हें इसलिए याद करती हूँ कि कम से कम तुमसे यह बता तो सकती ,कम से कम कोई तो साझेदार होता। मेरे परेशानी में, मेरे इस बेबसी में।

अब जैसे-जैसे दिन बढ़ते जाएगा, एक और कलह मेरा इंतज़ार कर रहा है, जो कि आएगा और फूटेगा, इसी घर में। इसी कमरे में, शायद इसी मेज के आस-पास जहाँ बैठी हुई मैं, आज इसके बारे में सोच रही हूँ।"

दिव्या खुद बड़ी देर तक वह पन्ना पढ़ती रही। एक-एक लाइन एक एक अक्षर को पढ़ा। दोहराया फिर। फिर "चरर्रर" से पहले बीचो बीच से फ़ाड़ दिया।

फिर उस फटे हुए को भी फाड़ा, फिर और फाड़ा।

उसके कई टुकड़े हो गये।

कई शब्द फट कर मात्र अक्षर हो गये।

पन्ना एकदम दिव्या के ज़िन्दगी-सा हो गया था।

टुकड़ा-टुकड़ा।

25.

आदित्य और शिवांग में पहिले दर पड़ा, फिर धीरे-धीरे दरार। बड़ा बवाल हुआ, बस्ती के लवंडे लेकिन, आपसे क्या बताये, भोसड़ी वाले नहीं है, दर भोसड़ी वाले हैं। मतलब इतने ईगो सेंट्रिक की जाने दीजिए। अब जब हम लिख ही दिए हैं कि "जाने दीजिए!" तो पकड़ने से कोई फायदा नहीं है। आता हूँ मुद्दे पर, अनंत सर को जानते हैं? नहीं जानते, चलिए कोई बात नहीं, जान लीजिए आगे से। क्लास टीचर थे। ...ठीक? और पढ़ाते हैं मैथ।

जहाँ तक हमको पता है या लगता है। हमारे द्वितीय राष्ट्रपति राधाकृष्णन जी के बाद, इनका ही नंबर था, जो बच्चों से 'ए' क्लास का बॉन्डिंग रखते थे। उस स्थिति को पुष्ट करने के मुख्तसर-सा बायोडाटा क्लास में है फोर्टी फाइव बच्चे, जिसमें से ट्रेंटी सिक्स पढ़ते हैं गुरु जी से ट्यूशन। ये जो बीस ठु बकचोद बच गये हैं, पढ़ते वह भी, लेकिन बेचारे बस से आते हैं, दूर घर है इनका शहर से।

हाँ तो शिवांग भी कर लिया था जॉइन, "क्यों" इसकी जिज्ञासा मन से निकाल दीजिए। क्योंकि मुझे भी नहीं पता कि क्यों? और उसे भी नहीं पता कि "क्यों?" बस जॉइन कर लिया तो कर लिया। सब कर रहे थे, वह भी कर लिया।

तो अनंत सर पढ़ाने लगे।

वैसे तो क्लास संडे को बंद रहता, पर अब जब हाफ इयरली इग्जाम आ रहा है, तो कल छुट्टी करते हुए गुरु जी, बच्चों से बोल दिए थे "और हाँ, यह बताओ अगर कल एक्स्ट्रा क्लास ले लूँ, तो किसी को कोई प्रॉब्लम तो नहीं?"

और आपको यह देख कर हैरानी होगी कि किसी बच्चे को कोई प्रॉब्लम नहीं।

होती भी नहीं, क्योंकि ट्यूशन और टीचर पूरे फ्रेंडली थे। सर जी न इतना टेंशन लेते और जब लेंगे नहीं, तो टेंसन देने का प्रश्न ही खड़ा नहीं होता।

ऊपर से वहाँ बच्चों को बहुत "मी टाइम" भी मिलता। मान लीजिए क्लास शुरू हो रहा है, चार बजे और स्कूल की छुट्टी होती थी ढाई बजे तो आधे बच्चे क्लास से सीधा वहाँ पहुँच के, भौकाल लेते। नहीं तो सिटियाबाजी, नहीं तो अस्थिले मोबाइल चलाते जो कि घर पर नहीं कर सकते थे। तो बस इसी कारण बच्चों को कोई दिक्कत नहीं, और पूरे क्लास ने एक साथ सुर में बोला, "नो प्रॉब्लम सर।"

साढ़े दस बजे से ट्यूशन था, पर शिवांग आठ ही बजे से ही उठकर अपना जीन्स-विन्स प्रेस करना शुरू कर दिया। अभी जीन्स एक तरफ ही प्रेस हुआ कि लाइट ही चली गयी, आधा घंटा इंतजार किया कि लाइट आ जाए, फिर हार कर गया धोबी वाले के पास। कपड़ा फाइनली प्रेस हुआ, नौ पैतालीस तक ट्यूशन।

दिव्या, आद्या, अमाइरा यह तीनों बस क्लास में बैठी थी, उधर नाइन्थ वालों का क्लास चल रहा था, यह सब एक रूम में अमाइरा के मोबाइल में कुछ खिटिर-पिटिर कर रही थी। इतने में शिवांग पहुँचा, देखा केवल यही सब है "काओ लड़कियन में रही, अब्बे कुल मजा लिहे।"

तमीज़ से बैग लास्ट वाले बेंच पर रख कर निकल रहा था कि आद्या बोली-

"अजय नहीं आया है क्या?"

शिवांग- "आता होगा।"

फिर जियूँ छोड़ाकर भाग गया बाहर।

,इसलिए क्योंकि यह सब उसका अकेले में शोषण करती थी, योन नहीं, बता रहे हैं, अगुताये मत।

अभी दिव्या जो है वो शिवांग को खूब मासूम बन कर बुलाती "सेक्सी सुनो न।"

यह जाता "का भे?"(क्या हुआ)

दिव्या "इधर आओ, मेरे आँख में देखो।"

शिवांग "का देखे आँख में?"

दिव्या "अरे मेरे आँख में देखो..."

शिवांग देखता

दिव्या – "ये बताओ... ये बताओ... कि..... मेरा... काजल तो नहीं फबदा है।"

और तीनों हँस देती ।

शिवांग – "ए कुतिया कहिन के ।"

दिव्या – "अव्वल गाली दिया है ......"

फिर आद्या उसका हाथ पकड़ लेती... और तीनों एक-एक धमक्का मार देती इसको.... फिर हँसती.... "बेचारा हमारा सेक्सी ।"

शिवांग "बेटा मारता नहीं हूँ.... कि कहीं इधर-उधर लग जायेगा..,"

और सच बात है, शिवांग दुबला-पतला था, इसमें कोई शक नहीं.... पर वह मरता इसीलिए नहीं था... कि... "लड़की जात हैं... अभी कहीं एहर-व्हर लग जाये ।"

हाँ, तो शिवांग क्लास में बैग रख कर निकला कि सामने, देवाशीष, अजय और अभियेन्द्र एक साथ ही, गेट के अंदर अपना साइकिल एक सीध में लेकर आ रहे हैं ।

देवाशीष चिल-बिदराई में बोला, "का बेटा उपाध्याय... कहाँ तू भिनसहरे-भिनसहरे(सुबह सुबह) ?"

शिवांग – "झांट ने जलाव मूड नाहीं सही बा...."

देवाशीष – "क्या हुआ भाभी छोड़ के भाग गयीं क्या...? तुम्हारे छक्कई के चक्कर में यह सब हुआ होगा... तुम लेइ नहीं पा रहे होंगे... भोसड़ी के गांडू हो तो क्या होगा ।"

शिवांग – "देवशीशवा ते झांट ने जलावे कर हमेशा.... औकात में रही के बोले ।"

अजय और अभियेन्द्र भी बीच-बचाव में चक्कर मे मज़ा लेने लगे ।

जयन्त- "अरे अरे देवाशीष... यह गलत बात है किसी के कमी का मज़ाक नहीं उड़ना चाहिए ।"

शिवांग अजय से "ठीक भोसड़ी के तुहो के देखब ।" फिर देवाशीष के तरफ देख कर... "और भाई बहना का क्या हाल है?" अजय के तरफ आँख मार दिया ।

बात यह है कि देवाशीष जो कि शुद्ध मांसाहारी लड़का था, वह क्लास में हल्ला कर दिया,

"हम भइया अब मीट-वीट छोड़ दिये।"

यह हल्ला इसलिए की अमाइरा जिसको वह बहन कहता है,(मानता है या नहीं इसका डाउट है) लेकिन कहता तो है, वह भी नॉन वेज नहीं खाती थी।

इसलिए इनको भी उसके साथ एडजस्ट करने के लिए ,"मीट छोड़ दिया हूँ कहना पड़ा।"

देवाशीष अमाइरा से हाइक पर करते थे चैटिंग, दिन भर रात भर, यहाँ तक ट्यूशन में भी बैठ कर वह उस तरफ से यह इस तरफ से, बतियाये पड़े हैं, इससे अनभिज्ञ की शिवांग और अजय सब ताड़ते हैं।

अब अजय और शिवांग कितना भी किसी का मज़ा ले ले, हरकते इनकी भी वैसी ही और वही है।

यहाँ तक शिवांग जो कि अपने फेसबुक का आई डी भूल गया था, उसने फिर से बनाई नई आई डी।

अजय तो पता नहीं कब फ़ोटो लाइक करते-करते, उसी को लाइक करने लगे, कितना? इसका आंकलन हम नहीं कर सकते।

अभी यह तीनों ट्यूशन के बाहर खड़े हो बतिया ही रहे थे कि एक दूधिया गोरी लड़की, काले फ्रेम का चश्मा लगा कर, चेक कुर्ती और वाइट सलवार में, (जो कि किसी स्कूल का ड्रेस था) अंदर आयी।

वह लड़की अभियेन्द्र से- "हाई भइया।"

अभियेन्द्र – "अरे तुम कहाँ यहाँ आ गयी?"

शिवांग, अजय , देवाशीष कभी अभियेन्द्र को देखते, कभी लड़की को।

लड़की – "वो दीदी कहाँ हैं?"

अभियेन्द्र शिवांग से "दिव्या है अंदर?"

शिवांग "वहीं काओ कुल बइठल हइन।"

लड़की शिवांग के भाषा के कारण, उसको चश्मे के एक छोर से देखी और फिर अंदर चली गयी।

शिवांग अभियेन्द्र से "ई ओकर(दिव्या) बहिन है का? ...चाय वाय नाई पीयत होई... बड़ी गोरहर बा।"

कुछ देर पे वह लड़की और दिव्या क्लास से निकली।

दिव्या ने अजय के तरफ इशारा किया, "यही हैं मिस्टर चसमिस।"

और फिर दिव्या अजय से, "यही है दीपांसी, जो गलती से मेरी बहन भी है।"

दीपांसी अजय से "हाय भइया.... सॉरी उस दिन के लिए।"

और फिर दीपांसी दिव्या और अजय हँसने लगे।

उस दिन हुआ यह कि अजय फोन किया दिव्या को।

अजय " हेलो !"

फोन उठाया दीपांसी ने, "हेलो, हाँ कौन ?"

अजय को लगा कि दिव्या ही है,

"अरे बेटा भूल गयी।"

दीपांसी "बेटा" सुन के तनकी।

"अबे हो कौन तुम ? और बेटा अपने बाप को कहना समझे, अब फोन नहीं आना चाहिए।"

अजय को लगा कहीं उसकी मम्मी या कोई और तो नहीं। वह भी फोन तुरंत सकपका के स्विच ऑफ कर दिया।

फिर अगले दिन स्कूल में मामला सॉल्व हुआ। दिव्या से जब वह पूछा "अरे कौन तुम्हारा फोन उठाया था जी ?"

दिव्या ने बताया... कि फला फला बात है।

ठीक, उस दिन जो हुआ, वह उस दिन हुआ, मगर आज जो हो रहा है ट्यूशन में, इस समय बड़ा अनर्थ हो रहा है शिवांग के नज़र में।

"बताओ साला, लात हम खाएँ इन लोगों का, दिन भर एक-एक बात बनाकर हँसाए हम, और बहन से मिलाया जा रहा है अजय को और दिव्या तो चार दिन पहिले की दोस्त है कोई नहीं, पर अजय भोसड़ी के चार साल से साथे हगे मूतेलिन, यह भी कभी नहीं बताया कि इनकी और दिव्या की बात यहाँ तक पहुँच गयी है, कि यह दोनों फोन पे बतियाते हैं।"

शिवांग को बड़ी टीस उठी, वह लगातार दिव्या अजय और दीपांसी को हँसकर बतियाते हुए देख रहा था।

26.

"टन्ननननननननन" एक बेल लगा।

"है अन्यवा डायरी लिखी हो यार?" शिवांग पीछे वाले सीट से।

आद्या – "हाँ हाँ..... रुक जाओ.... यही इंग्लिश का लिख कर दे रही हूँ।"

आद्या ने इंग्लिश का डायरी लिखकर पीछे शिवांग को दे दिया।

शिवांग डायरी से डायरी उतार ही रहा था कि एक साथ पूरा क्लास उठा..... "गुड मॉर्निंग सररर!"

अनंत सर ब्लैकबोर्ड के सामने, टीचर टेबल के पीछे खड़े होकर, पूरे क्लास को देख रहे थे, जिसमें से ज्यादा बच्चे अपना-अपना डायरी लिखने में मशगूल थे।

अनंत सर- "अमन और निधि... दोनों लोग खड़े हो जाइए।"

अमन अपने सीट पर हाथ पीछे करके खड़ा हो गया, निधि डेस्क पर टेक ले खड़ी हो गयी।

अनंत सर- "फिफ्थ बेल में क्लास में कौन टीचर था?"

अमन- "सर सौम्या मैम का पीरियड था.... लेकिन आज वह आयी नहीं हैं।"

सर- "मैं उस समय स्टाफ रूम में था, आप लोगों को पता है? क्लास टेंथ पूरे स्कूल को सिर पर उठा रखी थी, और स्टाफ रूम में टीचर मुझको बोल रहे थे, सर आप क्लास पर कंट्रोल नहीं रख पाते हैं.... बताइए? आपलोग कहिए तो मैं छोड़ देता हूँ, क्लास टेंथ का मैंने दो मॉनिटर आप लोगों को बनाया क्योंकि पिछले वाले क्लास हैंडल नहीं हो रहा था, पर आप लोगों से भी वही प्रॉब्लम आ रही है। इसका मतलब मॉनिटर में कोई दिक्कत नहीं, दिक्कत मुझमे है, आपलोग मुझे कुछ ज्यादे फ़ॉर ग्रांटेड लेते हैं। इसका एक ही सल्यूशन मुझे दिख रहा है, आप लोगों को कोई नया टीचर चाहिए।"

आना माना दोष

सारी क्लास जो अभी गुप्प सन्नाटे में थी वह धीरे धीरे बुदबुदाने लगी, "सॉरी सर... अब नहीं होगा....."

"सर प्लीज मत छोड़िए" क्लास भर में यही आवाज आने लगी, उठ उठ कर।

"ठीक है.... शांत होइए ....मैं कहीं नहीं जाऊँगा पर आपका सीटिंग प्लान चेंज होगा... और इस बार सिटींग अरेजमेंट रोल नम्बर के हिसाब से रहेगा।

सिटिंग अरेजमेंट में यह बेवस्था की, कि अब सारे बच्चे एक ही साथ, अर्थात लड़का और लड़की, एक ही सीट पर बैठेंगे। सारे बच्चे अपने-अपने सीट को छोड़कर क्लास के बीच में एकट्ठा होने लगे।

अब सर रोल नंबर बोलते और सब बच्चे उसी के हिसाब से बैठने लगते।

यह तो रही आपको पैटर्न समझाने की बात, लेकीन इस फैसले से शिवांग के दिल का मैटर समझा दें।

सुतरी वाला बम्ब जानते हैं? अरे एक पटाखा होता है, जिसमें खूब लम्बा सा जलाने वाला निकला रहता है। उसमें आप माचिस छुलाइये और फिर खूब दूर जाकर तमाशा देखिए, आराम से... वह कुछ देर में "सर्र्रर्रर" करते हुए बारूद तक पहुँचेगा, और तब होगा "बॉम्ब" सा धमाका। बस शिवांग के ज़िन्दगी में भी यही सुतरी छुला दिया गया था और अब होगा धमाका, आपको थोड़ा सा हिंट दें दें.... कि शिवांग का रोल नंबर - अट्ठाइस और दिव्या का तीस।

27.

दिव्या शिवांग के बगल हेड डाउन कर, सिर दीवार के तरफ करके बैठी थी। शिवांग सुबह से उससे लगातार बात किये जा रहा था, कभी कुछ, कभी "अच्छा तुमलोग बस्ती से ही हो या कहीं और से?" कभी "अच्छा नवल्स के पहले कहाँ पढ़ती थी?" यही सब खोज-खोज कर पूछ रहा था।

बहुत देर से वह फिर से कोई टॉपिक खोजे जा रहा था, कि मिले, पर "सार कुछ यादें नाहीं आवत बा।"

आजकल शिवांग, मतलब-आज कल क्या, जब से सीटिंग अरेजमेंट चेंज हुआ तभी से- रोज स्कूल में दिव्या से बात करने का एक-एक बहाना ढूँढता। और जब घर जाता तब भी वह घर के किसी खास वाकिये को सजोता कि "यह कल दिव्या को बताऊँगा।" लेकिन दिव्या के सामने आते ही दिमाग के गुल्लक में जमा किये सब कहानियों के सिक्के पता नहीं कहाँ उड़ जाते हैं। फिर भी शिवांग कोई न कोई टॉपिक खोज लेता बात करने का और इसलिए अभी वैकेंट बेल में, जिसमें एक टीचर क्लास में बैठकर किसी और क्लास की कॉपी चेक कर रहे थे, वह कहे थे, "आपलोग अपना काम कीजिए, पर शोर नहीं होना चाहिए।" यह कहने के बाद भी उस टीचर को दो बार शिवांग और दिव्या को बोलना पड़ा था – "आप दोनों... पीछे से सेकेंड बेंच... कीप क्वाइट।"

फिर दोनों हेड डाउन करके एक-दूसरे के तरफ मुड़कर बात करने लगे थे, उधर से शिवांग बोलता इधर से दिव्या हँसती।

जैसे अभी एक कहानी शिवांग सुनाया, "है सुनो न, कल मम्मी एक कहानी सुनाई थी। हम तो पेटवा पकड़ के हँसने लगे, खाते-खाते।"

दिव्या – "खाते-खाते?"

शिवांग- "अरे मतलब तब मैं खाना खा रहा था, सुनो-सुनो बहुत मस्त कहानी है।"

एक औरत थी, जिसका पति उसको बहुत हड़का के रखता था। एक दिन उसका हसबेंड मीट लाया और कहा कि "बना दो, मैं अभी आता हूँ।" औरत बेचारी मसाला-वसाला पीस रही थी कि मीट को बिल्ली खा गई, औरतिया संपात गयी, और अपने लड़का से कही कि "बाबू एक ठु कुत्ता मार लाओ।"

लड़का कुत्ता मार कर ले आया, औरतिया डर के मारें कुत्त्वे(कुत्ते को) बना दी, बकरा के जगह। कुछ देर में उसका हस्बैंड आया और सब खाने बैठ गये, अपने बपवा(बाप) को लड़कवा खाते हुए टुकर-टुकुर देख रहा था, लड़कवा की मम्मी उसको डाँट दी "खइते काहे नाहीं रे?" लगे हाथ उसके पापा भी उसको घुड़क दिए।

बच्चा कई बार दोनों तरफ से डाँट खाकर कहता है,

"कहु तो कहा न जाए

बिन कहे रहा न जाए

बोलू तो माँ मारी जाए

न बोलू तो बाप कुत्ता खाये"

यह सुनते ही दिव्या हँसने लगी हैड डाउन करके, सीट धीरे-धीरे हिलने लगा डाँट

यूँ ही बात होती रही थी, दिव्या ने बताया, "कभी यह कि उसके नानी का घर कहाँ है, कभी यह कि मामा यहाँ कौन सबसे अच्छा लगता है।"

यह सब सवाल बस किसी सवाल के भूमिका में, फिर शिवांग ने आखिर यह बात पूछी जो वह सच में जानना चाहता था, जिसके कारण शायद वह दिव्या को नोटिस करना शुरू किया था, वही सवाल जो शायद आपके मन में भी चल रहा हो, यह किताब पढ़ते हुए।

शिवांग – "अच्छा दिव्या, एक बात पुछु बुरा तो नहीं मानोगी।"

दिव्या निगाह एक बार शिवांग के चेहरे पर की, फिर सीट को नाखून से कुरेदते हुए बोली, शिवांग से ज्यादा अपने आप से – "मैं खुद इतनी बुरी हूँ न शिवांग की अब किसी बात का बुरा नहीं लगता... पूछ सकते हो तुम।"

शिवांग "वह जो लड़का था वह जो तुम्हारा बॉयफ्रेंड था, उसका क्या सीन

हुआ था?"

दिव्या हल्के से शिवांग के तरफ देखते हुए, "मुझे पता है की तुम्हें सब पता है, उसने खुद को गोली मारी थी और उस लड़की के लिए जो अभी तुम्हारे बातों पर हँस रही थी।"

शिवांग इतना सीधा जवाब सुन कर अंदर से काँप गया।

"यार देखो मेरे कहने का मतलब था कि यार यह सब लोग... क्या कहते हैं तुम्हारे बारे में, पर तुम तो एकदम अलग हो।"

दिव्या "अभी मैं तुम्हारे साथ हूँ तो तुम्हारे लिए अलग हूँ, कल अगर मैं तुमसे बात ना करूँ, तो तुम भी यही सोचोगे, जैसे सब सोचते हैं।"

शिवांग "देखा जाई।"

दिव्या "सुनो तुम्हारी एक बडाई करे, पर फूल के उड़ने मत लगना... सेक्सी... जानते हो तुम में मुझे सबसे अच्छा क्या लगता है, कि तुम नेचुरल हो, जैसे हो, वैसे हो। जैसा होना चाहिए वैसे न तुम हो और न बनना चाहते हो। एंड एक और बात की तुम मुझे हँसना सिखाये हो.... उसके लिए बहुत थैंक्यू... मेरा सेक्सिया।"

शिवांग ने दिव्या के तरफ़ देखा तो वह शून्य में देख रही थी और उसके आँख के किनारे आँसू का बून्द अटका था। शिवांग ने दिव्या के हाथ को हल्का-सा दबाते हुए बोला

"यर तुम रो क्यों रही हो, इसलिए नहीं पूछ रहा था।"

दिव्या "आँसू तो है, पर खुशी के।"

शिवांग ने अपना रुमाल आगे करते हुए

"पोंछ लो, नोटंकी नहीं।"

दिव्या काजल बचा कर आँसू पोंछ रही थी, तभी शिवांग बोला, "हआ..... कजलवा ने खराब हो.... भले ज़िंदगी खराब हो जाए।"

दिव्या मुस्कुरा दी और शिवांग के बाँह पर चोकोटी काटते हुए बोली, "सेक्सिया..... सॉरी बोल नहीं तो अउर करेंगे।"

दिव्या शिवांग के बाँह पर चिकोटी काटी ही थी कि तभी उसको लगा कि यह सब कितना खोखला है, कितना थोड़े समय के लिए है, अभी के लिए बस, अभी

वह इस फुटकर के हँसी खेल में वह चाहे खुद को कितना बहला ले, पर हक़ीक़त में वह क्या है, एक गर्भवती औरत! नहीं नहीं, एक गर्भवती बच्ची।

दिव्या ने अभी कल ही तो, वाशरूम में खड़े होकर, अपने ही पेट के नाभि के नीचे वाले हिस्से को देखते हुए सहम गयी थी। उसका खुद का पेट उसे पराया लग रहा था जैसे तकिए की सारी रूई पसर कर एक किनारे जाने लगी हो, वह कुछ देर परेशान थी, कि इसको किस तरफ से ढकूँ किस तरह। अभी अक्टूबर आ गया था, तब तो वह हुडी वगैर पहन कर ढके रहती थी। पर अपने सामने कोई अपने आप को कैसे ढके? अपने सामने तो सब एकदम वैसे ही दिखते हैं, जैसे वो है... कोई बनावट कोई सजावट नहीं।

28.

"अच्छा, दुइ रोटी खा ला तब निकला। तोहार रोज़ ड्यूटी छुटल्ला"। घर मे से मम्मी बोली। शिवांग घर के बाहर रोड पर खड़ा होकर, यश और दीपक भइया से बात कर रहा था।

शिवांग- "अरे ओकर माने कुछ नाहीं, ऊ सार वहीं कूदला, मोहल्लवन के लड़कवन के बल पर मार्दवा, लतखोर बा नीक कईला सारे के पेल दहला।

दीपक – "नाहीं यार ओकर दिक्कत नाहीं, लेकिन बतावा साक्षी के बहिनिया के लव लेटर देत बा।"

यश चित्रांश दीपक भइया को खोदते शिवांग के तरफ इशारा करते हुए बोला "अरे बाबो के माल पढेलिन वहीं स्कूलीया में।"

दीपक शिवांग से – "सही हो उपधिया।"

शिवांग यश के तरफ झटुआ के देख कर "भोसड़ी के माल वाल नहीं है, दोस्त है बस।"

आप यह सोच रहे होंगे कि "यह क्या गुड़-गोबर लिखा हुआ है। किस मामला पर, क्या बात हो रहा कुछ तो समझाओ?" इसीलिए लीजिये, मैं समझाने आ गया हूँ।

यही जो शिवांगवा था, उहै हरामखोरवा, एक नंबर का जूताखोरहि वाला काम कर रहा है। अरे, हम झुट्ठे थोड़ी न गरिया रहे हैं, साले का लक्षण वइसे है।

अब बताइए, सुबह कितना अच्छे से टाई बेल्ट लगा कर जा रहा था स्कूल, तभी वहीं तिराहे के पास ही दीपक चौरसिया और यश चित्रांश, प्रातः कन्या दर्शनार्थ भ्रमण पर निकले थे। समझ रहे हैं न? अरे मतलब सुबह-सुबह लड़कियाँ ता...... आगे जान ही गये होंगे।

तभी शिवांग को यह लोग पहिले देखे, और शिवांग इन लोगों को बाद में देखा

दीपक - "का बाबू कहाँ?"

शिवांग "रुपया दइ के पढ़े जात ही, बतावऽ सारे के एतना जाड़ा पड़त बा, लेकिन सारे छुट्टी नाहीं करत हई।"

यश- "अरे तो गर्म हो जाईल करा कोनो के पकड़ के, कई हीटर होइए क्लासिया में।"

शिवांग "धँस जइबो भोसड़ी वाले।"

दीपक – "अमनवा के गोलिया वाले न देखे, नाहीं तो छोड़ दिया जाता।"

शिवांग – "अरे कोनो बात नाहीं हम चल जाब।"

यश "चला मर्दवा रौता वाले है, किसी के माइ दूध नाहीं पिअइले बाटिन।"

दीपक "चलऽ बाऊ, छोड़ दें, पेलाइब पेलाइब, जब किस्मतीये वइसे होई तो केहू का करी।"

इतना सुनते ही शिवांग, बाइक के पीछै लटक लिए।अभी यह लोग स्कूल के थोड़ा पहले ही थे कि एक लड़का, अभिजीत दुबे, साइकिल से जाता दिखाई दिया।

शिवांग- "दीपक भइया, इहे लड़कवा है, जे के पूछत रहला।"

दीपक – "अच्छा.... यही है।"

शिवांग "हाँ!"

दीपक बाएक उसके पास ले जाते हुए,

"ओए ओए... सुनो सुनो।"

अभिजीत साइकल रोककर खुद की तरफ इशारा करते हुए, "हमको"

दीपक बाइक उसके बगल ले जाते हुए, थोड़ा रोब में "का नाव(नाम) है, बाबू तोर?"

"अभिजीत..."

"सच्ची श्रीवास्तव को जानते हो?"

"नहीं मैं नहीं जानता।"

"अभिजीत दुबे, क्लास एलेवेंथ, नवल्स एकेडमी" फिर थोड़ा भड़कीले

आवाज में "तेहि हवे ने मादर....."

"हाँ भइया.... लेकिन।"

दीपक गाड़ी पर बैठे-बैठे अभिजीत का एक हाथ अपने हाथ मे पकड़ कर, थोड़ा पीछे झुक कर एक थपड "चट" से उसके गाल् पर रसीद कर दिये।

वह अपने दाएँ हाथ से अपना बायाँ गाल छुपाता हुआ, "भइया, सुनिए, पहले मेरी बात, तब फिर कहिए......."

तब तक पीछे से शिवांग उतर कर, उसके साइकिल के पिछले वाले टायर पर, एक लात मार कर

"ते का सुनाइबे रे..." बोल कर एक थपड गाल पर धर दिया।

यश चिल्लांश जो ठंड के वजह से अपना हाथ जैकेट में डाल कर बैठा था। वह भी बेचारा, मारे न तो क्या करे। वह उस लड़के का बाल पकड़ के चार थपड तर-ऊपर धरते गया।

"एक-दो थप्पड़ ठीक, लेकिन साला यह झांट भर का लवंडा, तीन चार थप्पड़ मार रहा है।" अभिजीत के अंदर भी पूर्वांचलिया लवंडतत्व जागा।

वहीं सड़क किनारे जल रहा था, अलाव। मतलब कउड़ा। उसी में से एक चैला निकाल कर, मसाल के तरह लेकर खड़ा हो गया। उस जलते लकड़ी के कंफर्टेबल रेंज में सबसे पहिले शिवांग। लड़का-लकड़ी से शिवांग को लहकाया। (डराया)

शिवांग पीछे कूदते हुए "है... है... है, सारे.... मारे ने रे... माँ चोद देब अगर लग गे।"

लेकिन भला हो दीपक भइया का जो मामला सम्भाल लिए।

"तुम्हारी माका चोदो..... मार दम हो तो, ने तोका वहीं घुसेड़ दिहेन जहाँ से निकले है, तो नाम नहीं दीपक चौरसिया।"

अभिजीत ने फेंक दिया वह। और जैसे फेंका। शिवांग ने फिर बाल पकड़ कर पहले अपने हाइट में ले आया, फिर कम से कम पाँच थप्पड़। लेकिन अभी शिवांग उसका बाल पकड़ कर उस लड़के को निहुराये ही थे कि उनकी नज़र, बगल से गुजरने वाली स्कूटी पर पड़ी। जिस पर बैठे हुए चेहरे की दो आँखें शिवांग को घूरते हुए जा रही थी, वह दिव्या के आँखें थी।

शिवांग ने उसके बाल पर अपनी पकड़ ढीली करके उसको छोड़ दिया।

साइकिल पर एक लात मार कर, "साइकिल उठा... भाग यह से।"

वह अपना बैग-वैग टाई-वाई बाल-वाल सही करके, जल्दी से साइकिल से स्कूल के तरफ चला गया।

कायदे से शिवांग को भी स्कूल जाना था पर उसने सोचा "आज जाऊँगा तो शायद वह प्रिंसिपल से कंप्लेन करे।"

इस करण वह वापस घर चला गया, "यार मम्मी लेट होइ गै।"

तो यही सब हरामखोरहि करके, यह इस समय घर के बाहर खड़ा होकर बकैती बतिया रहा है।

एक तरफ तो उसके अंदर यह भी पल रहा था कि सारे स्कूल के सामने उसको मारे हैं, सारे बच्चे आते जाते देख रहे थे। "साला शिवांग सिनीयरवन के मार दिहिस!" लोगों में भौकाल होगा, अब उसका अलग रौला रहेगा, स्कूल के लड़कों में। पर यही एक बात यह भी रह-रह के उठ रही थी कि दिव्या देख ली। क्या सोचेगी मेरे बारे में। कहीं गुस्साए ना, कहीं कुछ और ना हो। लेकिन उसको इस खयाल का खयाल करते हुए, एकाध बात का अफसोस भी था "यार नाहक ही मार दिया, मान लो कल कोई बात हो, तो साला कुछ दिन स्कूल भी नहीं जा पाऊँगा। वह तो ठीक है, पर दिव्या से मिलना भी नहीं होगा, उससे बतियाना नहीं होगा, उसको सुनना नहीं होगा, और अगर यही नहीं होगा तो और सब हो के होगा क्या।"

29.

शिवांग को लात खाये हुए तीन दिन बीत गये। क्या शिवांग लात खाया है? हाँ, शिवांग लात खाया है। वो भी जैसे बास्केटबॉल को कोर्ट में प्लेयर पटकते हैं, उसी तरह डायरेक्टर सर उसके सिर को भी अपने टेबल पर पटक रहे थे। और शिवांग कभी सर का हाथ पकड़ता कभी पैर, "सर अब कब्बो ऐसा नहीं होगा!", "सर पक्का प्रॉमिस!" यही मन्नत मिनोउती।

पर जाने दीजिए, हरिवंशराय बच्चन जी ने बहुत पहले कह दिया है "जो बीत गयी......" समझ ही गये होंगे। लेकिन दिव्या इस वाकये से हो गयी थी खफा।

दिव्या- "अरे यार तो तुम किसी के ऊपर हाथ उठा दोगे।"

शिवांग "अरे उ माधर... बहुत हरामी है, फेसबूकवा पर बहुत गारी दिहिस है।"

दिव्या – "अगर वो अभी एफ आई आर कर दे तब क्या करोगे, कोई है रास्ता तुम्हारे पास?"

शिवांग – "अरे हम ओनके माँ नाही......" कहते-कहते रुक गया।

दिव्या – "हाँ, दो तुम गाली.... नहीं तो इसके बाद हमसे भी मत बात करना, और करना वार्ना कुछ नहीं तुम हमसे बात ही मत करो यार... जाओ बाय.... आज मैं अनंत सर से कह दूँगी सीट बदल दे मेरा, ताकि तुम आराम से सबको गाली दो... और अपना सो कॉल्ड मैटर देखो।"

इतना कह कर दिव्या दीवार के तरफ मुँह करके हेड डाउन कर ली। फ़िर शिवांग एक बार उसके बाह पर उँगली से कोच कर देखा, वह फिर भी नहीं सुनी।

शिवांग अभी यह सब ज्यादा हैंडल करना जानता नहीं था। कि क्या करें? और कैसे करे? वह सॉरी तो बोलना चाहता था, पर दिव्या इस तरह से हेड डाउन की

थी कि अगर शिवांग उसके ज्यादे पास जाता तो थोड़ा-सा असहज लगता। इसलिए वह बड़ा धर्म संकट में। पर उसको यह भी डर था कि कहीं अगर सॉरी नहीं बोला तो, ऐसा ना हो कि दिव्या बात ही ना करे।

वैसे तो शिवांग ने भी कुछ खास तरीके से अपने और दिव्या के रिश्ते के बारे में सोचा नहीं था और शायद वह सोच भी नहीं पाता। क्या सोचे कि "ही इज इन लव!" तो वह शिखर को लेकर खुद से गिल्ट फील करने लगता एंड मुस्कान को भी तो वह चाहता था। दिव्या ने शिखर का जिक्र, बात शिवांग से उतना किया कि शिखर कि एक प्यारी सी मूर्ति शिवांग के दिमाग में विराजमान हो गयी थी। इस कारण वह दिव्या और शिखर के रिलेशन की बिना फेसबुक पोस्ट डाले, इज्जत करने लगा था।

और दूसरी दिक्कत उसकी पर्सनल यह कि मुस्कान को वह डाई हर्ट चाहता है। लेकिन फिर भी इस वक़्त जब दिव्या दीवार के तरफ हेड डाउन कर सो रही है, तो क्यों इसका मन कर रहा है कि उसका बाल हटा कर उसके कान में धीमे से बोल दें "सॉरी बाबू!" (हाँ भाई, शिवांग इसको बाबू कहता है।)

और हाँ आप लोगों को बता रहा हूँ। किसी से बताइएगा मत, यहाँ तक शिवांग से भी नहीं कि शिवांग धीमे से दिव्या का माथा चुम लिया था एक दिन। जानना है कैसे?

एक दिन दिव्या बहकी-बहकी बातें कर रही थी, मतलब वो वाली बहकी-बहकी नहीं। ऐसी "यार सेक्सी अगर हम मर गये तो तुमको साले सेक्सी कौन बोलेगा?" सेक्सी क्या बोले कुछ समझ ही नहीं पाए फिर भी बात सम्भालने के लिए बोला "चुप कर तू, कोनो काम नहीं है और?"

इसी तरह से दिव्या ने सुबह से दो-तीन बातें कही, शिवांग आखिर में हार कर लंच में अमायरा से पूछा "यार दिव्यवा आज पगला गये बा?" तब पता चला कि बच्ची खा ली थी हाई पावर की दवा और शिवांग यह सुनते ही दिव्या के गालों पर एक थप्पड़ हल्का ताकत लगाकर रसीद कर दिया। क्लास थी एकदम सूनसान, बच्चें नहीं बस बच्चों के बैग थे। और एक सीट पर दिव्या और शिवांग थे। दिव्या बैठी और शिवांग खड़ा, थप्पड़ खाने के बाद दिव्या ने कुछ बोला नहीं, बस बच्चों का उदास मुँह बना ली। उस चेहरे के जवाब में शिवांग के पास कुछ नहीं था, उसके पास और कोई ऑप्शन नहीं बचा। सिवाय इसके की वह दोनों हाथों से उसका गाल

थामे और खुद के होंठो को आगे करके उसके माथे पर धर दें। और शायद दिव्या के पास भी कोई ऑप्शन नहीं होगा, कि उस एहसास को आभास करें जब कोई उसके इतने पास फिर आ गया, और उसने भी कुछ नहीं किया सिवाय अपने आँखों को बंद करने के, कि वह कुछ देखे न बस महसूस करे। सोख ले उसको अपने माथे में।

इसके पहले और बाद में भी दोनों को यह खयाल नहीं था कि "मैं किसी को चुना हूँ या मैं किसी के द्वारा चुनी गई थी?" पर हाँ शिवांग तबसे दिव्या को बहुत देर तक ताकने लगा है और दिव्या उस क्षण के बाद कुछ देर अपना सर नीचे किये उसको सोख कर खुश थी।

शिवांग ने दिव्या से अभी तक बात की थी। एकाध बार उसके आँसू भी पोंछने के लिए अपना रुमाल दिया था, इस बार उसको चूम लिया, पर अब शिवांग उसको देखता भी था, निहारता रहता। कभी यूँ भी होता कि दिव्या शिवांग को निहारना चाहती, तभी उसका नज़र रुकता और पता चलता यह लो! शिवांग भी उसको निहारते रहते।

दुनिया तब भी अपने स्पीड से घूम रही थी, पर दो लोग इसी दुनिया में एक दुनिया बनाना चाह रहे थे जो शायद दुनिया को बनाने वाला होने न दे?

30.

दिव्या ने बता दिया। क्या और कैसे, यह मैं आगे बताते चलूँगा।

वही पेट जो था, उसी पेट में। वह दोनों को पाल रही थी, उस बात को भी कि "वह पेट से है।" और उस जीव को भी जो उसमें पल रहा था।

कुछ बिन सोचे यूँ ही बैठे बैठे अचानक कि "बता देते हैं, बता देते नहीं हैं, बता दे रही हूँ।" जो होगा वह तब भी होगा और अब भी। इसको होना ही है, दिव्या ने तो यही सोचा कि अभी कर लेते हैं बस यही सोचते हुए उसने सामने बैठे शिवांग के बाएँ हाथ पर हाथ रखा और उस हाथ को अपने सर पर रखते हुए बोली, "सेक्सी...... एक बात है, तुमको बता दूँ? पर प्लीज कभी कहीं किसी से मत कहना, वरना.... वरना सब कुछ खत्म हो जाएगा...!" वो शिवांग के आँखों में देर तक झाँकती रही, उसके जवाब के इंतजार में।

शिवांग "अगर विश्वास हो तो कह दो.... नाहीं कहब (कहेंगे) केहू से।"

दिव्या "बताओ... मेरी कसम?"

शिवांग ने आँख मूँदते हुए "तोर कसम पक्का।"

दिव्या "यार मेरे और शिखर में फिजिकल हुआ था।"

शिवांग सुन के चौंक गया, फिर भी खुद को नॉर्मल दिखाता हुआ "मुझे यह लगता भी था, वैसे अगर तुम दोनों के मर्जी से हुआ हो तो मुझे कोई दिक्कत नहीं।" जैसे उनको दिक्कत होता तो बदल जाता।

दिव्या "हम्म्म..... लेकिन!"

फिर वह चुप हो गयी, उसको लगा कि कहीं वह खो ना दें। इसको...... जो उसका अभी, इस वक्त हाथ पकड़ा है। फिर क्या होगा, कोई तो नहीं रहेगा जो उसको सुन सके।

अमायरा है, पर वह समझाती ज्यादा है, समझती कम । आधा सपोर्ट करती है लेकिन इस मामले में पता नहीं क्या हो । घरवालों को कोई कुछ नहीं बता सकता । पर यही जो उसके बगल में बैठा था, वही इसको समझता भी है, समझाता भी है, उसको सुनता भी है, अपनी कहता भी है, उसको जानता भी है, और.... और उसको मानता भी है । शायद इसके आगे वह "बहुत" भी लगा सकती थी । कितना कुछ था उसके पास जो वह उसको सुना चुकी है, शायद जो कभी खुद से भी ना बताई हो, वह भी उसके सामने छलक जाता है मुँह से । इसीलिए तो वह एक दिन उसको अपनी कसम देते हुए कही थी, "सुन सेक्सिया... मैं तुमसे चाहे जितना भी गुस्सा जाऊँ, चाहे भाग जाऊँ तुम्हें छोड़ कर.... कहीं भी, किसी के साथ भी, पर तुम अगर मुझसे गुस्सा हुए तो अच्छा नहीं होगा ।"

फिर उसने भी बोला था, "कहाँ भागबे रे... हमारे अलावा के "पास-पास" के छिलका अपने बैग में रखे देइ... लेकिन हाँ....... तुम भी मुझसे कुछ छिपाओगी नहीं?" .... इस पर दिव्या ने कहा था "यह नहीं हो सकता मैं छिपाऊँगी मगर बता दूँगी जो बताने लायक रहेगा ।"

यह बात दिव्या ने यूँ ही नहीं बोला था, शिवांग अक्सर जब भी वह हेड डाउन करती मैफ्ताल स्पार्ष खाकर... तो वह पूछता..... कोचे रहता.... "क्या हुआ.... बोलो बाबू?"

दिव्या कैसे कहे कि उसे पीरियड आया है.... इसी सब के खातिर उसने अपने लिए यह सुविधा ली थी, कि वही बताऊँगी जो बताने लायक होगा ।

पर आज शायद उसे सब कुछ बता देना चाहिए, इन्हीं बातों को सोच-विचार कर, उलट-पुलट कर उसने कह दिया था "यार लेकिन ...मैं प्रग्नेंट हो गयी ।"

फिर..... फिर क्या था.... दिव्या हेड डाउन करके देर तक रोती रही । और शिवांग.... शिवांग उसका हाथ छुड़ा कर, सीट छोड़ कर चला गया बाहर क्लास के ।

31.

दिव्या और शिवांग कैसे पास हो गये इतने? कि आज शिवांग को तीन दिन हो गये। वह जगह-जगह पर यह देखता है कि दिव्या का अबॉर्शन कैसे होगा, किस तरह, हर खम्बा टटोलता है, हर बैनर, सब कुछ की कोई ऐसा मिल जाये जहाँ लिखा रहे "अनचाहे गर्भ का गर्भपात।"

जब दिव्या ने उसको यह बताया था, "मैं प्रेग्नेंट हो गयी!" तो शिवांग के मन मे भी यह आया था कि लड़की बिल्कुल ठीक नहीं, अमन, अभियेन्द्र और क्लास भर के चेहरे घूम गये थे, "बाबा पेला जइबो ओकरे चक्कर में।"

पर कुछ था जो कह रहा था कि "किस तरह उसने तुमसे मदद माँगी है और अभी बेचारी कुछ कही कहाँ है? एक वादा ली और अपने अंदर को खोल दिया। और केवल तुमसे "शिवांग उपाध्याय" से और कोई नहीं था उसके पास अमायरा, आद्या, उसकी बहन यहाँ तक कि अजय और भी तो थे, पर उसने सबको छाँट कर केवल तुमको चुना, शिवांग। कौन था शिवांग उसका? अगर शिवांग से कोई पूछ ले कि "तुम कौन लगते हो उसके?" तो शिवांग क्या जवाब देगा, "दोस्त?" कितने दोस्त है उसके? तब और क्या और क्या है वह? कुछ भी नहीं, पर शायद सब कुछ।"

और यही सब सोच कर शिवांग क्लास में गया, दिव्या अभी ही हेड डाउन की हुई थी। शिवांग उसके बगल बैठकर, पैर से उसके पैर पर मारता हुआ "बताओ मुझे पूरी बात?"

दिव्या अपने ब्लेजर के बाँह से अपने आँसू पोंछ कर, फिर हेडडाउन करके ही शिवांग को देखने लगी।

शिवांग "तो दवाई वगैरह ले रही हो?"

दिव्या "अब उस सबका पीरियड ओवर हो चुका ।"

शिवांग "मतलब?"

दिव्या उसके हथेली पर अपना हाथ रखते हुए, आँख मुलका कर उससे बोली "सेक्सी …. अभी कुछ मत पूछो प्लीज… मैं तुम्हें फोन करूँगी…. शाम में ।"

स्कूल से घर पहुँच कर यू तो शिवांग टाई बेड पर, जूता एक कहीं और एक कहीं, मोजा इधर-उधर फेंक, उसी स्कूल के बोतल में जो बचा-खुचा पानी रहता पीकर, घर से भागने का बेवस्था करने लगता और अगर मम्मी पकड़ लेती तो खाना खा लेता नहीं तो यूँ ही चला जाता ट्यूशन । पर आज, कहीं नहीं, किसी चीज़ की जल्दी नहीं थी । उसने सही से जूता निकाला, एक एक मोजा एक-एक जूते में, टाई को टांगकर, बैग भी सही से मेज पर रख, खुद के हाथ से खाना निकाल, टीवी के सामने स्टार स्पोर्ट्स में पुराना मैच लगाकर खाना खाता-चबाता पर फिर भी उचक-उचक कर उसका नजर चला जाता घड़ी पर कि जल्दी से साढ़े चार बजे (दिव्या की शाम इसी के आस-पास होती है) । अच्छा कभी-कभी यूँ लगता है कि जैसे वक़्त हम लोगों को चिढ़ाने के लिए नकल कर रहा हो । जब हमलोग कभी बहुत जल्दी में होते हैं कि "यार लेट हो रहा है!" तब वक़्त भी जल्दी से भागता है । और जब हम सुस्त मायूस होते हैं कि "यह समय जल्दी से बीते!" तो वक़्त भी सुस्त मायूस हो जाता है । और लगे हाथ एक ज्ञान भी ले लीजिए यही है रेलेविटी थ्योरी । यही वक़्त इस समय शिवांग के साथ कर रहा था, बीत ही नहीं रहा । खाना खत्म हुआ तो वह टीवी का चैनल बदल दिया कि "कोनो पिक्चरवे देखी!" पर कुछ नहीं वही सुपर खिलाड़ी, साउथ इंडियन पिक्चर आ रहे थे । हार कर मोबाइल हाथ में भींच, चला गया वह अपने कमरे में और लेट कर उसमें गेम खेलने लगा पर वहाँ भी कुछ खास नहीं । उस समय जियो को ज़िन्दगी तो मिली नहीं थी कि सबके मोबाइल में बैलेंस रहता । मोबाइल चलाते, उल्टले गाना सुनते नींद लग गयी ।

"गर्ररररर ………………" "गर्रररररर…………………" तीन बार मोबाइल बजा तो वैसे पर शिवांग का ध्यान ही नहीं गया । ईयरफोन में इतने गाने चल रहे थे, उसी में रिंगटोन भी बजा, क्या पता, वह सोता ही रहा । उठा दस मिनट बाद, इस हड़बड़ाहट के साथ कि "अरे यार मैं तो सो गया ।"

और तुरंत तकिया के बगल में टटोल कर मोबाइल देखा । तीन मिस कॉल

"mumma" नाम से । (दिव्या के मम्मी का नंबर- mumma) जो दिव्या ने खुद उसके मोबाइल में सेव किया था।

अब क्या करे? वह फोन तो कर नहीं सकता, पता नहीं उसके मम्मी का मोबाइल किसके पास हो। कहीं कोई और उठा लिया तब? फिर भी अभी बस हुए हैं दस मिनट ट्राई किया जाए।

उठ कर शिवांग अपने मम्मी का मोबाइल खोजने लगा, मम्मी बगल वाले कमरे में सो रही थी, मोबाइल था तकिए के नीचे। यहाँ एक दिक्कत की अगर मम्मी उठ गई और देख ली कि फिर शिवांग उनके फोन से फोन कर रहा है तो फिर सुनाने लगेंगी "फिर तोहके ताव(जल्दी) लग गे मोबाइल के, फिर कोनो के बुलावेक होई, ट्यूशन नाहीं गइला? एतना परधानमंत्री के नाहीं फोन चाहीं, जेतना तोहके, उहे लखेरवन से बतियावेक बा, दिन भर डील हो ला तोहार।" और इस समय शिवांग भी डिस्टर्ब है कुछ बोल देता तो - फिर बवाल।इसलिए वह बहुत स्मूथली मोबाइल खींच लेना चाहता है।

हालाँकि मोबाइल, बिना किसी मानसिक और शारीरिक क्षति के मिल गया, मतलब निकल गया। ले गया अपने कमरे में, दिव्या का नंबर एकदम याद उँगलियों को, फोन डायल हुआ, लेकिन..... लेकिन, उधर से किसी लड़के का आवाज "ओकर भैवा है।"

फोन के उस तरफ "हैल्लो......!"

शिवांग "............."

दिव्या का भाई "अरे बोलोगे कौन बोल रहे हो?"

शिवांग आवाज ऊँचा करके उसमें जरा देहाती पन के साथ "हैलो.... का हो झीनकावन.... पुरुषोत्तम बोलत ही भड़सारे से।"

दिव्या का भाई "कौन..... कौन पुरुषोत्तम?"

शिवांग "अरे....... आज खाद बटत रहा ने..... मिला कि नाहीं...?

दिव्या का भाई "राँग नम्बर!" फ़ोन काट दिया।

32.

उस शाम शिवांग की दिव्या से बात नहीं हो पाई। हाँ, अगले दिन जब दिव्या स्कूल पहुँची तो वह सुबह प्रेयर के पहले ही उससे बात करने लगा कि "पहले बताओ पूरी बात क्या है?"

दिव्या "शिवांग एक बात जान लो यार कि अब कुछ नहीं हो सकता... कॉज़ इट इज मोर देन ट्वेंटी वीक्स।"

शिवांग "हिंदी बोल रे।"

दिव्या "ए कुत्ता..... अब कमस कम चार महीने हो गये हैं, अब एबोर्शन के लिए ऑपरेशन करना पड़ेगा और उसके लिए लॉ यह कहता है कि यह तब ही किया जाए जब लड़की अठारह के ऊपर हो....... !"

शिवांग "तब फिर?"

दिव्या "यार, नहीं समझ आ रहा कुछ.....!"

शिवांग फिर उठ गया। प्रेयर की बेल लगी। लाइन लगी। लड़की की अलग, लड़कों की अलग और फिर सब अपनी-अपनी पहचान भूल कर क्लास की पहचान ओढ़ लिए।

शिवांग फिर दिव्या से आराम से बात करने का मौका पाया इंटरवल में, तो उसने सब पूछा कि क्यों कुछ नहीं हो सकता... क्या हो फिर? दिव्या फिर सब लीगल, इल्लीगल भारत में गर्भ धारण तथा निरोध के कानून बताई।

बात मुद्दे की यह है कि दिव्या अभी सत्रह साल की है। इस कारण उसके एबॉर्शन के लिए परिवार की रज़ामंदी लेनी पड़ेगी और इसके लिए वह कुछ करे कैसे? शायद यही कारण था कि वह शिवांग को बता दी। वरना उसको खुद की यह घुटन और खाये जाती। यही सब था कि उसका जीना खुद के साथ मुश्किल

लग रहा था, और वह खुद से भागने लगी थी और आदमी अपने से निकल के कहाँ जाएँ? कैसे जाए? फिर भी वह अपने से नहीं निकल सकती, यही उसको अंदर-अंदर चिडचिड़ा बना रहा था। यही बात उसके दीमक में गाँठ की तरह थी, वह कहीं जाती, किसी से मिलती फिर भी ये बात उसके साथ, उसके उठने-बैठने में, उसके सोने-जागने में, उसके जीने-मरने में, सब जगह उसके साथ-साथ उठती-बैठती। सोती-जागती, जीती-मरती। यह बात शिवांग को बताने में दिव्या के अंदर एक चोर भी था, शायद उसको यह उम्मीद भी थी कि वह कुछ करेगा। अपने सबसे हारे हुए, लाचार वक्त में कोई भी खुद को सौंप देना चाहता है। यही तो होता रहा है, सबको किसी कि आवश्यकता होती है, औरत को मर्द की, मर्द को औरत की, यह जितनी शारीरिक है उतनी मानसिक भी। बस यही उम्मीद दिव्या के भीतर भी थी। शायद कुछ निकले और शिवांग भी कोई बस सुनता तो था नहीं, कहता भी था, और उससे ज्यादे सोचता था कि क्या करें? क्या किया जा सकता है?

यही सोचते कुछ दिन बीत गया, और यहाँ इसमें इस बात की जल्दी है कि बात बढ़े न बढे पर बात की वजह तो बढ़ ही रही है। अगर पाँचवा महीना शुरू हो जाये तो फिर शायद कोर्ट की नोटिस भी लेनी पड़े। यह बात दिव्या ने शिवांग को बताया था “देट्स दी लॉ” यही नियम है। इसलिए कुछ करना है और जल्दी करना है।

अब आप ही सोचिए कि इस स्थिति में आप क्या करते? ......सिम्पल सी बात है मम्मी-पापा को बताओ। जो होना ही होगा। यही बात शिवांग में भी था कि “यार दिव्या अंकल-आंटी को बता दे तो सब सही हो सकता है?" लेकिन उल्टे उसको यह भी डर था कि कहीं दिव्या यह न सोचे कि शिवांग अपना पलड़ा झाड़ रहा है।

नहीं, और आप भी मत सोचिएगा कि शिवांग अपना पलड़ा झाड़ रहा है। बेचारा बहुत मेहनत-मसक़्क़त करके इस बात पर पहुँचा है कि “अंकल आंटी को बता देना चाहिए!" समझे? क्या मेहनत किया? मतलब की, कितने लोगों से बात बदल के पूछा है कि “भइया तनी ई बतावा कि बच्चा गिराने में काओ होला?"

कितने लोगों से ऐसे ही जान-पहचान से पूछ लिया था कि “यार हमार एक दोस्त बा, ओकर गर्लफ्रेंड प्रेग्नेंट हो गइल बा, कुछ हो सकेला?" लेकिन कुछ लोग तो मजाक उड़ा देते “अरे तो कही दऽ तनी आराम से लिहल करें, देख दाख के!" और शिवांग दिल मसोस कर रह जाता। और जितने लोग भी बताए थे, वह यही

कहें कि "माता-पिता के देख-रेख में ऑपरेशन होई।"

फिर शिवांग कहता, "अरे यार कोनो चुपके चोरी के बतावा।"

जवाब आता

"बात यह है कि कोई डॉक्टर बिन माता-पिता के सहमति के ऑपरेट नहीं करेगा, क्योंकि इसमें मरीज की मौत भी हो सकती है।"

बस यही सुनते शिवांग भी संपात गया कि तीन-पाँच लगा के अगर वह ऑपरेशन करवा भी दें और अगर दिव्या को कुछ हो गया तो वह क्या करेगा? क्या मुँह दिखायेगा? बेचारा! एक तो वैसे ही उसका मुँह दिखाने लायक नहीं है ऊपर से एक और कलंक। अपने को फेस करना सबसे मुश्किल काम है। यह काम वह कैसे करेगा? वह भी उम्र भर।

अब शिवांग सब तरफ से जान-सुन कर, यही सबसे आसान और सही समझा कि बात दिव्या के घर वालों को बता देना चाहिए। पर दिव्या को नहीं पता चले कि उसके घर वालों को बात पता चली है और शिवांग बताया है। बस इसको करना है और इतने धीमे से कि कोई जान न पाए।

33.

शिवांग दो बार रिचार्ज का कोड मोबाइल में डाल कर देख चुका, पर... समझ मे ही नहीं आ रहा है कि "आठ" है, "पाँच" है कि "छः" है। अच्छा! आपको भी नहीं समझ में आ रहा है कि हम क्या बकैती कर रहे हैं? वो कूपन वाला रीचार्ज, दस का सात रुपये बैलेंस, बीस का चौदह रुपये याद आया? बस वही कूपन, ये खुरच रहा था, अरे शिवांग ही। हाँ तो इस हरामी ने... अच्छा, अच्छा गाली न दें? लेकिन हम शुद्ध इक्कीसवीं सदी के आदमी हैं, पूरा-पूरा, और बिना मतलब के, कोई काम नहीं करते हैं। बता रहे हैं काहे गरिया रहे हैं।

एक कहावत सुने होंगे आप

"जस करनी तस भोगे ताता

नरक जाएँ काहे पछताता।"

जस्ट लाइक देट, बिल्कुल ऐसे ही शिवांग की करनी है। शिवांग अपने मोहल्ले के श्रीवास्तव जनरल स्टोर से लेने गया था रीचार्ज का दस वाला कूपन। लेकिन दुकान पर जो भईया हमेशा बैठते थे वह थे नहीं। थे उनके पिता जी। जो कि शिवांग को कह दिए कि "चला अब्बे आलोक आइए तब आवें, हमके ई कुल नाहीं बुझला।" इसपर शिवांग ने रीरीयान शुरू कर दिया "अरे चाचा दइ दिहल जा डिब्बा में से, बहुत जरूरी हई।"

अंकल झुंझला के "फिर उहे बात, जब हम कहत हई हमके दाम नाहीं पता बा कोनो के कैसे दई देइ, कौन कितने के हवे?"

शिवांग – "अरे आप डिब्बा तो निकालल जा, हम बतावत ही।"

अंकल हार के थोड़ा-बहुत बड़बड़ाते हुए। गल्ला में से रिचार्ज का डिब्बा निकाल दिए। अंकल को लगा था चश्मा, तो वह हर कूपन को आँख तक ले जाकर

देखते थे कि कितने वाला है। शिवांग इसी में "जल्दी-जल्दी" किया था और फिर डिब्बे में एक बंडल पर इशारा करते हुए "हइये का बा?" कहा और दस रुपये दे दिया। रीचार्ज ले के दुकान छोड़ते ही जब उसकी नज़र कूपन पर पड़ी तो देखा कि उसके हाथ में आइडिया का बीस वाला कूपन है। शिवांग के पहिले तो दिल में उगा की वापस करके अतुलित यश से स्वयं को आभूषित करें। लेकिन यह बात आयी और गयी। फिर याद आया "बुढ़वा सार ठगाहा(ठगने वाला) बा, बीस के गेंद (गेंद) पच्चीस में देला, कोल्ड्रिंक पर दो रुपए ठंडा करवाई ले ला!" और यही सब सोचते हुए शिवांग रिचार्ज लेकर घर पहुँच गया। और ताव-ताव में नाखून से खुरच दिया अब एक अक्षर ही मिट गया है।

हो देखो, इस सब चक्कर में मेन बात बताया ही नहीं, कि दिव्या की प्रेग्नेंसी वाली बात को, उसके मम्मी से बताने के लिए यह इतना "उद्यम" कर रहा है। आज स्कूल में दिव्या ने बताया था कि "यार आज जाना है पापा के साथ गाँव। पर, इस कारण मम्मी अकेले ही रहेगी।" यह बात बस बात बात में निकल गयी थी, पर इसी अवसर का शिवांग कई दिन से अविष्कार करना चाह रहा था। और आज वह मिल गया है तो धीरे से अब दिव्या के मम्मी को सारा बात बता देना है। और यह भी कह देगा कि किसी को बताइएगा मत कि मैंने बताया।

चलिए अब यह बात छोड़ के यह बता दूँ कि रीचार्ज हो गया, ना पाँच था, ना छह, आठ था। तीन बार पूरा-पूरा कोड डाल कर ट्राई किया तब जाकर चौदह रुपया पाया।

फोन मिल गया दिव्या के मम्मी को, "हेलो हेलो .... हाँ ...अंटी।"

दिव्या कि मम्मी "कौन भइया?"

"दिव्या के फ्रेंड बोल रहे हैं...... आ अ आंटी नमस्ते।"

"दिव्या...... तो है नहीं बेटा।"

"वो मुझे आपही से काम है..... वो....."

"हाँ बोलो.... क्या नाम बताये हो?"

"शिवांग उपाध्याय।"

"हाँ बेटा बोलो।"

"वो बात थी एक... किसी से बताइएगा मत।"

"क्या.... पहले यह तो बताओ कि क्या नहीं बताना है।"

शिवांग समझ गया कि दिव्या पक्का इन्हीं की लड़की हो सकती है

"वो आंटी दिव्या को ना..... दिव्या.... वो।"

"तुम सही से बोल नहीं पा रहे हो या हम सही से सुन नहीं पा रहे हैं?"

"वो आंटी प्लीज किसी से मत कहिएगा और......"

"अरे पहले तुम बताओ तो?"

"दिव्या...... दिव्या न पेट से है।"

"तुम.... तुमको कौन बताया?"

"वो आंटी दिव्या ने ही..... शिखर से हुआ है।"

(शिवांग ने यह इस कारण से बोल दिया कि कहीं उसकी मम्मी उसी पर न शक करने लगे।)

"वैसे एक बात तुम भी मत किसी से बताना.... कि मुझको यह पता था।"

"आपसे दिव्या बता दी थी....?"

"नहीं बेटा अभी दिव्या केवल मुझमे अपनी मम्मी देखती है... कोई औरत नहीं।"

"मतलब?"

"कुछ नहीं, यह बताओ कि तुम्हारा घर कहाँ है?"

"यही रौता पर है।"

"अभी खाली हो?"

"हाँ खाली तो है.... ट्यूशन के बाद पर।"

"अनंत सर के ट्यूशन में ही?"

"हाँ, पाँच बजे छूटेगा ट्यूशन।"

"ठीक ... ट्यूशन से घर पर आ जाना।"

"ठीक आंटी, नमस्ते।"

फोन कट, शिवांग ने किया।

बताइए, उसने सोचा कि एक-दो मिनट में कंपलीट हो जाएगा, लेकिन यहाँ

5 मिनट हो गया। चौदह रूपये से मात्र 8 रुपये बचा था। ऊपर से आईडिया टू ऑर्दस का टैरिफ भी नहीं था। खैर अब आपलोग तो जिओ वाले हो तो यह पीड़ा कैसे महसूस करेंगे।

एक चिंता तो था बेलेंस का और फिर एक और आफत मेंटनेस का। दिव्या के घर भी जाना है, क्या पहनें, यह समस्या तो हिमालय पर्वत की तरह खड़ी थी सामने, ऊपर से यह कि उसकी मम्मी क्यों बुलाई है? और कैसे यह सब जानती है? यह सब बात परेशान कर रहा था उसको।

अपने कमरे से जब शिवांग बरमुंडा और बनियान पहन कर निकला तो उसकी मम्मी (शिवांग की मम्मी) पहले उसका हाल देखी फिर उसी निगाह से घड़ी को।

मम्मी- "का रे बाऊ … ट्यूशन नाहीं जइबे का … साढ़े तीन हो गे?"

शिवांग : "नाहीं आज, एक ठु काम बा।"

मम्मी : "कौन काम बा, बिधायक भइल बाटा, लखेरवन के साथे घुमे के बा ओर का।"

शिवांग झल्ला गया "अरे यार मम्मी कब्बो समझल (समझा) करा।"

मम्मी – "कुल समझिला! बस पढेक ने कहा, दिन भर तोहके काम रहा ला।"

शिवांग फिर अपने कमरे में लौट आया। क्या करे बड़ा संघर्ष है जीवन में, कपड़ा का प्रॉब्लम, लफड़ा का प्रॉब्लम, उस पर भी मम्मी के ""पढ़ा-पढ़ा" का प्रॉब्लम।

34.

शिवांग पहुँचा तो, दिव्या के घर, आंटी से बात भी की, आंटी को बताया कि दिव्या की स्थिति आजकल यह है। दिव्या कि मम्मी को आशंका था, पर अंदाजा नहीं कि उनकी बेटी चार महीने की प्रेग्नेंट है।

कुछ-कुछ बातें दिव्या की मम्मी जानकर शिवांग से नहीं बोल सकी। कुछ-कुछ शिवांग जानकर चुप रहा। शिवांग ने आखिर में आंटी से दिव्या के अबॉर्शन के बारे में बोला, "आंटी देखिए बात बढ़ाने से कोई मतलब नहीं है। अब जो भी होना था, हो चुका! पर अब जो होगा वो हम करेंगे।" शिवांग यह बोल कर सोचने लगा कि, "बक तो दिए पर आंटी ने कब यह बोला कि वह नहीं करवायेंगी।"

बात यह थी कि यही बात शिवांग घर से सोच कर, और साइकिल पर रटते हुए आ रहा था कि यह बोलकर वह ज़रा सा समझदार लगेगा। इसलिए बेचारा बिन बोले रह नहीं पाया। यहाँ शिवांग किसी बात पर यह नहीं बोला था। बल्कि वह एक पूरा बात ही इसलिए शुरू किया था कि वह यह बोल सके, हाँ भैया, यह मनोवैज्ञानिक बात है।

आप समझ रहे हैं कि नहीं? सकपकाये नहीं। अब तो आप लोगों को हमें झेलना ही पड़ेगा किताब तो खरीद ही लिए हैं, तो खत्म करना ही है।

अच्छा इस सब का बात हम यहाँ नहीं करेंगे, अभी आंटी जी का डिसीजन और आंटी क्या सोच रही है, यह जरूरी है।

आंटी जी ने शिवांग से कहा "बेटा दिव्या से मैं सामने से बात नहीं करूँगी। हाँ तुम कह देना उससे कि तुम उसका एबॉर्शन करा रहे हो, मैं तुम्हें एक डॉक्टर साहब का क्लीनिक बताऊँगी। तुम उनसे बात कर लेना वह सब कर देंगे। लेकिन बेटा.... किसी और तक बात न पहुँचे यही उम्मीद तुमसे करती हूँ।"

शिवांग ने आंटी का पैर छुआ, एक और गुड् डे का बिस्किट हाथ में उठाकर घर जाने के लिए बरामदे में आया।

शिवांग साइकिल मोड़ते हुए "ठीक है आंटी आप फोन करके क्लिनिक बता दीजिएगा।"

गेट खोलकर साइकिल बाहर खड़ा कर, वह गेट बंद करने जा रहा था कि दिव्या की मम्मी बरामदे से आकर गेट बंद करने लगी "जाओ बेटा में बंद कर देती हूँ" कहते हुए।

35.

दिव्या रोते हुए शिवांग का दायाँ हाथ पकड़ ली थी, "तुम मेरे लिए कितना कुछ करते हो, किये हो, मैं कितनी बुरी हूँ फिर भी तुम मेरा साथ देते हो।"

नहीं-नहीं, आपलोग रोमांटिक मत होइए। हाँ रोमांचित हो जाइए। यह शिवांग जो है किसी और कि नादां का भैंस अपने दुहना चाह रहा है। नहीं समझ पाए? अरे दिव्या की मम्मी जो कह रही हैं कि बेटा तुम करवा देना उसका अबॉर्शन। पर दिव्या को लग रहा है कि "शिवांग करवाया।" बस इसी का ख्वाब देख-देख कर, यह लड़का मगन है।

पी.एम.सी. (प्राइवेट मेडिकल सेंटर) को स्कूली लड़के या स्कूली नहीं.... विशुद्ध हरामखोर लड़के। इस पी.एम.सी. को पी - पक्का एम- माधर... सी- चो... कहते थे। इसी पी.एम.सी. में (जो भी आपको सूटेबल लगे कह दीजिए) दिव्या के एबॉर्शन की व्यवस्था थी।

बीस हज़ार के आस-पास पैसे भी लग रहे थे। जिसमें दिव्या की मम्मी सारा फाइनेंस करने को कह रही थी। शिवांग को केवल मैनेजर की तरह सारा काम कंपलीट करवाना है।

शिवांग थोड़ा सा संपाता भी था, बेफालतू नहीं, इसका कारण है। बात यह है, जितने भी शिवांग को जानने वाले हैं, सब के सब देश के लत्ता हैं। और यह सारे राष्ट्रीय लत्ता आपको मिल जायेंगे बेहरियावा फील्ड में। और उसी बेहरियावा फील्ड से गुजरने वाली गली से आप जैसे निकलेंगे, तुरन्ते सामने पड़ेगा पी.एम.सी.।

अब बताइए, मान लीजिए, फील्ड में गाँजा बन रहा है और पता चला कि गांजा तो है, लेकिन सिगरेट का सुरती जो गाँजा को थोड़ा स्मूथ करता है, है ही नहीं। तब उन्हीं लत्वो में से कोई एक गली पकड़ के सड़क पर आएगा। और एन उसी टाइम पर, शिवांग पी.एम.सी. के बाहर दिव्या के साथ खड़ा है, और वह लड़का-

सिगरेट लेने वाला- देख लिया, तब तो जाकर सारे दोस्त में लोलर हो जाएगा "शिवांगवा माल घुमावत बा" यह समझ रहे हैं ना?

ऑपरेशन तीन दिन तक चलना है। डॉक्टर साहब ने बता दिया था। और दिव्या भी जो पहले-पहल कभी-कभार शिवांग से यह कहती थी "यार सेक्सी तुम बताओ शिखर का मेरे पास सबसे प्रीशियस गिफ्ट है, यह जो मेरे अंदर पक रहा है, उसको मैं खुद से कैसे अलग कर दूँ?"

वह अब एक मौन स्वीकृति के साथ हक़ीक़त की खुरदुरे सतह पर, अपने ख्वाबो को घसीट रही थी। जिससे धीरे-धीरे अब ख्वाब घिसरा के सिकुड़ गये थे और बचा था बस हक़ीक़त। अपने खुरदुरे रूप में कि जिस "प्रीशियस गिफ्ट" को इतने दिन दिव्या अपने पेट मे उठाई थी, अब उसको गिराना पड़ेगा।

शिवांग दिव्या से कहता था "अपने माँ-बाप के बारे में सोचो, शायद यही सोच के या उससे ज्यादे सोच कर दिव्या ने कह दिया था "ओके!"

दिव्या ओर शिवांग अभी बातचीत ही कर रहे थे की आदित्य पहुँच गया, दाँत चियारे हुए। आदित्य याद है न? नहीं याद हो तो पन्ना पलट के देख लीजिए। हम अब बताने नहीं जायेंगे।

आदित्य "का हो उपाधियाँ जी, (शिवांग उपाध्याय) दो दिन पहले हम आपको पाठक जी के घर पर देखे थे?"

शिवांग ने आदित्य के चेहरे पर ध्यान से देखा, और अपने आँख से ही, आदित्य के आँख को सौ-पचास गाली सुना दिया।

आदित्य भी बेचारा खिसियाया था, कि शिवांग को दिव्या घर पर भी बुलाने लगी। बस इसलिए ही शिवांग का मज़ा लेने आ गया। वो काहावत "खिसियौनि बिल्ली खम्भा नोचे" बस सेम सिचुएशन।

फिर आदित्य ने बोला "जिसके लिए कोई और अपने घर का दरवाजा खोल दे, वो अपने घर क्यों दिखेगा?"

शिवांग "देखो आदित्य यदुवंशी अभिन हमारे बहुत काम बा, हम झुट्टे बहसल नाहीं चाही ला।"

आदित्य "अरे-अरे गुसाइल ने जा, नाहीं तो और तरीका बा गुस्सा निकारे के।"

शिवांग को इस बात में छुपा हुआ धमकी दिख गया।

दिव्या आदित्य से थोड़ा बनावटी होकर "थैंक यू आदित्य फ़ॉर योर प्रिशियस एडवाइस नाउ यू शॉल प्रोसीड।"

आदित्य "या आई विल प्रोसीड बट आ लास्ट थिंक जस्ट वेट एंड वाच।"

अंग्रेजी सुन-सुन शिवांग झल्ला रहा था- "जाओ यार उखाड़ लिहो जे तु उखाड़ेके होई..... समझला।"

दिव्या भाप को उबलते हुए देख रही थी, पर फिर धीरे से शिवांग का हाथ पकड़ कर दबा दी। दिव्या के हथेली की हल्की सी गरम कसावट से शिवांग ठंडा हो गया।

आदित्य भी इस मकसद से नहीं आया था कि "चली सारे से मार करी" बस मज़ा लेने आया था, लिया। शिवांग के मन में यह तो था ही कि ई दहिज्रा पूत कहाँ से जान गइल।

आदित्य के जाने के बाद दिव्या थोड़ी सोच में पड गयी। शिवांग जो अभी अपने बगल में बैठे हुए प्रिंस से कुछ बतिया रहा था, उसको पेन कोचते हुए दिव्या ने बुलाया।

शिवांग मुड़ा "का रे?"

दिव्या उसके बाँह पर चीटी काटते हुए, "'रे' बोल्बे रे?"

शिवांग दर्द से कसमासाते हुए, "अच्छा .... अच्छा छोड़ नाहीं बोलब।"

यहाँ आपलोग भी गरिया रहे होंगे, कैसे अनभिज्ञ, अज्ञानी, इम्मीचुर राइटर का किताब ले लिए। जो कि लड़की से चिमटी कटवा रहा है, और लड़का कसमसा रहा है। लेकिन आप लोगों का कसम खाकर कह रहा हूँ, यहाँ मामला थोड़ा.... वो क्या कहते हैं आजकल... हाँ... कॉम्प्लिकेटेड है। शिवांग बेचारा डफली है, जितना बजाय जाएगा... उतना धुन। समझ आ रहा है ना। वो दिव्या को नहीं मारता था... यहाँ मारने का मतलब मारना है।

दिव्या ""अच्छा सुनो मेहराव मत... एक बात बोले, गुस्सा तो नहीं होंगे।"

शिवांग "गुस्सा जायेंगे तब भी कौन-सा नहीं बोलोगी?"

दिव्या "लेकिन एक बात मुझे लगता है और मैंने एक्सपीरियंस किया है कि आदित्य झूठ नहीं बोलता।"

शिवांग "ऊ सार आपन नाम छोड़े कुछ सही नाहीं बोलेला।"

दिव्या "पर फिर भी.... वह मज़ा लेने के लिए तो ऐसा नहीं करेगा।"

शिवांग "ते कहल का चाहे ले?"

दिव्या "देखो शिवांग मैं बात को घुमाऊँगी नहीं... परसो देखा कि तुम दो बार मम्मी के नंबर पर फोन किये थे, उस दिन जिस दिन मैं और दीपांशी गाँव गये थे।"

शिवांग सकपका कर "अरे वो तुम ट्यूशन जा रही थी कि नहीं, पूछने के लिए।"

दिव्या "मिस्टर शिवांग उपाध्याय मैंने आपको क्लास में ही बता दिया था कि मैं ट्यूशन नहीं जाऊँगी।"

शिवांग "हाँ, फिर भी कन्फर्म कर रहा था।"

दिव्या ने शिवांग के आँखों में कुछ देर झाँका.... फिर एका-एक बोली "तुम मम्मी से कुछ बताए तो नहीं?"

36.

"बेटा एक बात बताओ, मैंने तुम्हें कभी कुछ कहाँ है?" - दिव्या से उसकी मम्मी ने बोला

दिव्या सर नीचे करके बेड पर पैर लटका के बैठी हुई थी "नहीं!"

दीपांशी "मम्मी लेकिन जो हुआ, उसमें केवल दीदी दोषी है... ? शिखर भाइ को नहीं सोचना चाहिए।"

मम्मी "यह तुम सोच रही हो ना, लेकिन सोचने वाले इतना नहीं सोचते.... वो बस सोच लेते हैं।"

दीपांशी झल्ला कर "अरे यार..... भाड़ में जाये वो.... सबका मैं करनी जानती हूँ, कोई कित्तो पुजारी बने।"

दिव्या ने दीपांशी को कोचते हुए कहाँ "कम बोलो।"

फिर मम्मी से "मैं क्या करूँ मम्मी मैं आपको कैसे बताती... तुम्हीं बताओ यह सब बात इतना ट्रैजिक है।"

"अंग्रेजी मीडियम में पढ़ाने लगे ना... यही मुसीबत है।" दिव्या की मम्मी।

फिर दिव्या ने सर नीचे कर लिया। मम्मी ने उसको एक बार आँख उठा के देखा और एन उसी समय दिव्या ने अँगूठे से अपने आँसू पोंछ लिए।

दिव्या के आँसू से इधर उसकी मम्मी भीग गयी। उधर सारा ठोसपन पिघल गया, वह कुर्सी से उठीं और दिव्या को गले लगा लिया।

अब दिव्या फुट पड़ी, फफक कर रोते हुए - "सॉरी मम्मी...... मुझे कुछ समझ नहीं आया।"

मम्मी अपने हाथ से दिव्या का माथा सहलाते हुए "नहीं मेरा बच्चा..... हम हैं ना।"

दीपांशी ने आकर, खुद को बीच में घुसाते हुए "हमको नहीं इतना दुलराती हो।"

मम्मी मुस्कुराने लगी उसको देख के।

दिव्या, दीपांशी से "तुम भी वैसे करम करो जैसे मैं की हूँ।"

नहीं-नहीं कोई अवार्ड-वेवार्ड किसी को नहीं मिला है, आप जरा-सा भी मुद्दा से मत भटकिए।

बस उस दिन। किस दिन? अरे परसो जब शिवांग से दिव्या ने पूछ लिया था, "तुमने मम्मी से कुछ बताया तो नहीं?"

शिवांग बेचारा दिव्या के आँच में मोम से पिघल गया, क्या करे "मैन विल बी मैन!" सब बोल दिया।

"हाँ गया था, लेकिन उनको पहले से पता था। बस हमसे कन्फर्म कर रही थी।"

यही सब बता और आखिर में दुविधा में पड़ के यह भी बता दिया कि तुम्हारे एबॉर्शन को मम्मी ही करवा रही है।

दिव्या ने सब का सब जाकर सीधा मम्मी सा पूछ लिया।

दिव्या – "आप शिवांग को जानती है?"

मम्मी पहले तो अचकाचाई फिर दिव्या से पूछने लगी कि तुम्हें अपने माँ पर भरोसा नहीं है? और उसी के सिलसिले में यह सब हुआ। अरे….. यही गले मिलना, आँसू पोंछना वेगैरह।

37.

सुमन आंटी, मतलब दिव्या की मम्मी, डॉक्टर साहब को तीन बार फोन कर रही थी, पर एक बार व्यस्त आया फिर दो बार उठा ही नहीं।

उनका जी इधर-उधर हो रहा था क्योंकि डॉक्टर साहब जो दिव्या की सर्जरी करते, उन्होंने कहा कि "इसके लिए क्योंकि बच्चा चौबीस हफ्ता से ऊपर है तो हमें डिस्ट्रिक मजिस्ट्रेट या किसी प्रशासनिक अधिकारी की इज़ाज़त लेनी होगी, और इसमें समय और पैसा दोनों लगेगा।"

समय एक हफ्ता से कम ही लगता पर पैसा समय के साथ और ज्यादे। यह पैसा डेढ़ लाख भी पहुँच सकता है।

सुमन आंटी ने डॉक्टर साहब से बात करके बोला था कि "अभी आपको हम बीस हज़ार पूरा दे देते हैं। और जो बच रहा है, उसको चार महीने बाद चुकायेंगे।

आंटी को थोड़ा देर लगा कि डॉक्टर है, काम होगा इसलिए फोन नहीं उठा रहे हैं, पर जब उन्होंने फिर फोन किया और फोन के हर घंटी को वह इत्मीनान से सुन रही थी.... तभी उस तरफ से एक आर्टिफिशियल आवाज में महिला ने बोला – "जिस व्यक्ति से आप संपर्क करना चाह रहे हैं, वो अभी व्यस्त हैं, कृपया कुछ देर बाद प्रयास करें।"

उन्हें अंदाज़ा हो गया कि इस बार कॉल काट दिया गया है।

उनको भीतर से जो कुछ डर लग रहा था, अब बाहर उसका ही थोड़ा संकेत पा कर, मन ही मन वो गायत्री मंत्र बुदबुदाने लगी, कोई खास बात नहीं थी। यहाँ उनको कोई शंका नहीं था। बल्कि यहाँ एक यकीन के कारण कि डॉक्टर पैसे के मनाही के वजह से फोन नहीं उठा रहे हैं।

उन्होंने एक कागज लिया उस पर हिसाब करने लगी कि कितना उनके पास

(केवल उनके पास, बिना दिव्या के पापा को बताए) जमा पैसा है। अभी वह कागज लेकर दिमाग के बस्ती में, हिसाब के दुकान पर बैठी ही थी कि उनका फोन बजा।

वह सकपका के फोन के तरफ देखी,

फोन पर एक नाम तैरने लगा

"Anshumaan Doc PMC"

38.

स्कूल का स्टेज था, जो कि एक खाई के बगल में बना था। स्टेज के पीछे के तरफ एक नाला बहता। नाले के तरफ मुँह करके शिवांग और स्पर्श खड़े थे, जेब मे हाथ डाल कर।

स्पर्श ने शिवांग से पूछा "सागे ई बताओ कि तुम आज हमको मार डालते, उ सागा श्री राम के बसा वाला हम्मे कचर (कुचल) देत।"

ऊपर असुविधा के लिए मुझे खेद है कि आपको पढ़ने में दिक्कत हुई। और मेरा खेद भारतीय रेल वाला नहीं है, हमको सही में खेद है। स्पर्श के साथ एक मजबूरी है, वह "र" को "ग" कहता था। मान लीजिए कि सॉरी कहना है, तो वह "सॉगी" कहता।

हाँ तब कहाँ थे? स्टेज के किनारे।

शिवांग उसका मिमकरी करता हुआ बोला "आये सागे तुम तो पेला जाते।"

स्पर्श – "तो डायरेक्टरवा तोगे गगिया में घुसत..... अच्छा ई बताओ कि मर्देग और सुसाइड में अंताग का होता है?"

दोनों एकदम स्टेज के किनारे थे, नीचे नाला बह रहा था। शिवांग ने अपना हाथ स्पर्श के पीठ पर रखा, और हल्का सा धक्का दिया।

स्पर्श चौक के "ओए सागे.... !"

शिवांग "डरो मत सागे इहे तो हम बता रहे थे, अगर हम तुमको धकेल दे, तब तो मर्डर हुआ, लेकिन अगर तुम कूद गये, तो हुआ सुसाइड।"

टन टन टन टन टन

मैम ग्राउंड में सभी से बोल रही थी- "चलिए-चलिए आपलोग अपने क्लास में चलिए।"

"स्पर्श एंड शिवांग मूव टू यौर क्लासेज।"

स्पर्श शिवांग से... "ई याग आउग पगेसान कई दिहे बा।"

शिवांग सिर नीचे करके चल दिया क्लास में। फिफ्थ बेल बहुत सुकून का रहता। दिव्या से बात करने के लिए क्योंकि अच्छा स्पेस मिलता है। बात यह है कि कोमल मैम एकदम हल्के नेचर की थी, और पढ़ातीं थी हिंदी-जिसमें हम यह किताब लिख रहे हैं- अब हिंदीवाली मैम आप अंदाजा लगा ही सकते हैं? अच्छा आप अंदाजा नहीं लगायेंगे? ठीक है हमहि रिफिल खत्म कर देते हैं।

मान लीजिए... (मानियेगा जानने की कोशिश नहीं) किसी दिन मैडम जाते हुए क्लास को कह दी... "आपलोग कल फला पाठ का पाँच शब्द अर्थ याद करके आइएगा।"

अब शिवांग एक नम्बर का जूता खोर, इसमें तो कोई किंतु परंतु है नहीं। उसको घर जाकर ई होश नहीं रहता कि मैम क्या कहि, क्यों कहीं?

यहाँ यह जान लीजिए कि शिवांग उपाध्याय घर जाकर बैग से केवल टिफिन निकालते हैं, और पूरा का पूरा बैग उसी ततरह, पड़ा रहता। फिर अगले दिन वही बैग लेकर, टिफिन के साथ वह चल देता।

हाँ तो शिवांग को यह होश नहीं रहता है कि "कुछ याद-बाद करने को मिला है।" अब मैम भी हार कर शिवांग से कह देती कि "बेटा मैं इस आगे वाले रो से सुन रही हूँ, तुम तब तक कोई शब्द अर्थ दस याद कर लो।"

अब दस शब्दार्थ को पचाना तो था नहीं, मात्र पानी पी के... कुल्ला करना है। कुल्ला करने का मतलब, पानी घोटना नहीं है, बस पीना है ....और .... बाहर। इसी तरह शिवांग दस शब्द अर्थ को पीता है, और जब मैम आती है सुना कर बैठ जाता है। उसके बाद उसके लिए, किसी शब्द का कोई अर्थ नहीं। बस यही कारण था कि शिवांग को हिंदी वाली मैम का पीरियड बहुत पसन्द था, अरे......! मतलब क्लास।

शिवांग नल पर गया, एक हाथ से पानी रोपा, फिर बाल को थोड़ा मॉस्चराइज करके, टाई को थोड़ा ढीला कर, दिमाग को उलटते-पुलटते क्लास में पहुँचा। दरवाजे से अंदर आकर, वह अचरज में "हमारे सीटिया पर इतना आदमी?" उसके सीट को छः बच्चे घेरे खड़े थे। वह आगे बढ़ कर गया, दिव्या को सीट पर लिटाया

गया था। मैम उसके चेहरे पर छींटा मार रही थी। और दिव्या अपना आँख हल्का-हल्का मुलका रही थी। वो सब तो ठीक, कि दिव्या बेहोश हो गयी थी या जो भी हुआ था, लेकिन शिवांग संपाता तब, जब उसको पता चला कि मैम दिव्या का ब्लेजर निकालने वालीं हैं, क्योंकि दिव्या को पसीना हो रहा था। यहाँ शिवांग को दिक्कत ये नहीं थी कि दिव्या का ब्लेजर निकाला जा रहा था, बात यह है कि शिवांग ने कई बार नोटिस किया है, दिव्या अगर ब्लेजर न पहने तो उसके पेट का उभार दिखने लगता है। लौण्डे साले क्या-क्या नोटिस करते हैं, आपको पता ही होगा। इसी का शिवांग को डर था कि मैम को कुछ शक न हो जाए।

मैम दिव्या के ब्लेज़र का बटन खोल रही थी कि उसी सीट के पीछे से शोर सुनती है "हैं हैं ....मार होई गे!" उजुक के देखती हैं, तो प्रिंस शिवांग के टाई का नॉट पकड़ के उसको दीवार में सटाया हुआ था। लेकिन मैम देख के चौक गयी कि शिवांग जो की अभी भी अपने बचे-खुचे हिम्मत से प्रिंस के कंधे पर मार रहा था, पर यदि यही स्थिति रहा तो शिवांग कुछ ही देर में "है" से "थे" हो जायेंगे। बात यह है कि प्रिंसवा शिवांग के टाई के नॉट को कस दिया था और शिवांग के गले की नस उभरने लगी थी, आँखें लाल।

मैम ने कड़ाके के आवाज में बोल "क्याआ कर रहे हो जी.... छोड़ो तुरंत उसको!" प्रिंस ने यह देख करी कि मैम देख ली हैं छोड़ तो दिया पर, बड़बड़ाने लगा, "गुंडा होंगे अपने लिए हमारे से जरा आराम से रहे।"

शिवांग बस हाँफे जा रहा है।

उधर मैम तमतमाते हुए आयी, तीन थापड़ प्रिंस को जिससे उसका मुँह लाल हो गया, और तीन-चार थप्पड़ शिवांग को, शिवांग भकुराय हुआ देख रहा था प्रिंस को। मैम ने चिल्ला कर पूछा, "क्या हुआ है जी, किसी को मार डालोगे तुमलोग अगर कोई ना रहे?" दिव्या भी होश में आ गयी थी, इतने देर में।

प्रिंस बोला "मैम पहले उसने ही मेरे को मारा था।"

मैम ने फिर एक नज़र शिवांग को देखा और शिवांग तुरंत "सॉरी मैम" कह के हट गया।

बकौल सर्फ एक्सेल "दाग लगने से यदि कुछ अच्छा होता है तो दाग अच्छे हैं!" तो अब सुनिए, यदि शिवांग यह मैटर न करता, तब इससे भी बड़ा मैटर हो जाता। सब्र रखिए। पूरा सन्दर्भ सहित व्याख्या करेंगे।

शिवांग डेस्परेट हो गया था, यानी कि आतुर, क्यों? बात यह है कि अगर मैम दिव्या के ब्लेजर का बटन खोल देतीं तो- जो कि खोलने ही वाली थी- तो बहुत छीछालेदर होता। इसलिए शिवांग पीछे खड़ा था, पर कैसे कहे कि "अरे मैम! अनर्थ हो जाएगा।" अब यदि कह नहीं सकता तो कर तो सकता है। जहाँ शिवांग खड़ा था, उसी के बगल था प्रिंस, उजुक उझक के देख रहा था, दिव्या को। शिवांग और प्रिंस का सुबह प्रेयर के समय कुछ कहा-सुनी हुआ था, इसलिए उसने सोचा कि इसके पहले की दिव्या के साथ कुछ अनर्थ हो, वही अनर्थ कर दे। शिवांग ने पूरे वेलासिटी से प्रिंस के खोपड़ी पर एक टीप जड़ दिया। प्रिंस का सिर झन्ना गया, वो खौराय(पागल) कुत्ते की तरह अपना सिर रगड़ता हुआ शिवांग को देखा।

शिवांग "मेला लागल बा..... जौन देखत हो?" (मेला लगा हुआ है? ...जो देख रहे हो)

इतना सुनते ही प्रिंस दाँत किच-किचा कर शिवांग का गला पकड़ के, दीवार पर चिपका कर, जो किया आपलोग पढ़ ही चुके हैं। इसी को अंग्रेजी में कहते हैं "प्रजेंस ऑफ माइंड।"

39.

दिव्या की मम्मी गीली आँखों से दिव्या के तरफ एक शून्य भारी निगाह से बहुत देर तक देखी जा रही थी।

दिव्या का मासूम चेहरा जो आँखें बंद होने के वजह से और भी मासूम, बचकाना लग रहा था। उसको ही देखते-देखते मम्मी के आँखों में उसका वह समय जब वह गोद में ही बैठी रहती थी दिन भर, घूम गया। बड़ी दिन तक दिव्या अपने बचपन में मम्मी की गोद छोड़ती ही नहीं थी, और मम्मी भी उसको नहीं उतारना चाहती थी कभी भी अपने गोद से, कितनी बार दिव्या के दादी ने उसके मम्मी को ताना दिया "काओ बनारिन के बचवन घेतन दिन भर पटवा से चिपकाए रहे लू, ससुरालियों अइसे ले जइबू का.....?" यह सुन कर दिव्या की मम्मी कुछ देर को उसको कहीं सुला देतीं और घर का काम करते रहतीं। पर उसका जी वहीं दिव्या के पास रखा रहता। फिर जैसे ही दिव्या अपना दोनों हाथ उठा कर गोदी का इशारा करके "इयाअअअअ मम्मा आवा...!" चिल्लाना शुरू करती मम्मी तुरन्त भागती। कितनी बार तो वह दिव्या को गोद में सुला के रोटी तक बेली हैं।

और जब दिव्या थोड़ी-सी बड़ी हुई, अरे बाप रे, तब तो अगर उसके बड़े पापा का लड़का सुदीप कभी मम्मी के पास सो जाता, दिव्या बवाल मचा देती। इतना रोती की घर ऊपर और दिव्या की जिद नीचे, मतलब घर सर पर उठा लेती थी। फिर मम्मी उसको गोदी उठा कर "अरे हमार सगलकी बिटियवा रे!" कह कर सीने से लगा लेतीं।

हॉस्पिटल के प्राइवेट वार्ड का दरवाजा खुला, दिव्या की मम्मी इतिहास से वर्तमान का सफर कर, तुरंत अंदर आते हुए नर्स पर अपना नज़र टिका दीं।

नर्स उनको देखते हुए "आप इनकी....?"

दिव्या की मम्मी – "मदर!"

नर्स – "दिव्या पाठक..... बच्चा गिराना हैं ना?"

दिव्या की मम्मी "बच्चा गिराना" सुन कर अचकचा गयी। फिर भी सारी हिम्मत अपने चेहरे पर बटोर कर, सर को दो बार ऊपर-नीचे कर दिया।

नर्स – "मरीज ने सुबह से कुछ खाया है?"

मम्मी "नहीं ! .....डॉक्टर साहब मना किये थे।"

नर्स "ठीक है तो अल्ट्रासाउंड, पैथालॉजी में जाकर करवा दीजिए!" यही कह कर वह रूम से बाहर हो गयी।

आंटी ने फिर अपना फोन देखा नौ बज रहे थे। अभी तक शिवांग का कुछ खबर नहीं था। कल आंटी ने उसको फोन करके बोला भी कि "बाबू कल टाइम है?" उसने तब तो कहा था कि "हाँ बोलिए की क्या काम है?"

आंटी "डॉक्टर यहाँ कल भर्ती करना है दिव्या को, तो पी.एम.सी. चले आना।"

तब शिवांग ने तुरन्त बोल दिया था

"अरे ठीक आंटी आप चिंता मत कीजिए।"

लेकिन आंटी तो चिंता नहीं करीं, पर शिवांग को चिंता हो गयी।

नहीं भाई! कोई इतनी बड़ी चिंता नहीं थी कि ब्रह्मांड की उत्पत्ति कैसे हुई, ऐसे टाइम चिंता बहुत कॉमन थी, और इस चिंता से सारा स्टूडेंट समाज चिंतित है। "कल स्कूल कैसे छोड़े?"

यही मामूली सी चिंता से शिवांग भी चिंतित था। ताव-ताव में बोल तो दिया, "अरे ! ठीक आंटी आप चिंता मत कीजिए।"

लेकिन घर पर स्कूल के छुट्टी के लिए बड़ा भारी शास्त्रार्थ करना पड़ता है। अब खैर शिवांग के जीवन का अपना कष्ट है, पर दिव्या का जीवन ही कष्ट है।

आंटी ने दिव्या के सिर पर हाथ फेरते हुए "बेटा उठ जाओ .....चलना है पैथालॉजी में।"

दिव्या ने मुलकाते हुए आँख खोला, एक टक कुछ देर मम्मी पर शून्य-सा निगाह टिका कर, किसी बीमार की तरह लेटे लेटे मुस्कुरा दी। यह हँसी शायद उसको अपने माँ के लिए धन्यवाद था। एक तो इसलिए की वो ही उसकी मम्मी हैं और दूजा इसलिए की मम्मी होते हुए भी वह, वह सब कर रही थी जो शायद कोई

माँ इतने आसानी से नहीं करती।

दिव्या उठ कर बेड पर ही पलथी मार कर बैठ गयी। हाथ फैला कर मम्मी से बच्ची जैसे बोली, "इधर आओ!" मम्मी ने भी उसको भींच लिया। मैं नहीं लिख सकता दिव्या को कैसा महसूस हुआ, और कोशिश भी नहीं करूँगा। बस इतना बता देना चाहता हूँ कि आंटी मुँह दबा कर अपनी कराह रोकी थीं, और दिव्या अपना आँख मूँद कर आँसू।

40.

शिवांग रजाई ओढे बहुत देर से मम्मी कि आवाज को टाल रहा था। मम्मी तीन बार आकर शिवांग को टोक चुकी थी, "ए बाबू अब उठ जा साढ़े सात हो गे।" फिर भी शिवांग कुछ नहीं बोला।

मम्मी फिर आईं "अरे बाबू आठ बजे वाला बा।"

शिवांग नींद वाले आवाज में "अरे यार मम्मी सुते देतीं।" मम्मी चलीं गयी।

लेकिन ऐसा नहीं था कि शिवांग उपाध्याय नींद के अंगोश में हों, इस अधर्मी को नींद ऐसे नहीं आती है कि सोए तो सोया ही रहे। यह तो उठ छः बजे ही गया था, और इस उम्मीद से खिड़की खोल के देख भी लिया था कि शायद आज कोहरा पड़ा हो, जैसे खिड़की खोला सामने सूर्य देवता दाँत चियार दिए, झटुआ के खिड़की बंद कर दिया। अगर शिवांग के अंदर भी हनुमानजी जैसी इच्छा शक्ति होती, तो महतारी कसम, खदेर दिया होता सूर्य देवता को को, गरियाया होता सो अलग ...कि "जब देखो तब चले आते हैं, ई नहीं कि ठंडी महीना अपने घरे-दुआरे रहे, काओ यह बेल पाकल बा?" लेकिन क्या करे, यह नादान मानव मृत्युलोक का वासी।

जैसा कि आप को सूचित किया जा चुका है, कि शिवांग को हॉस्पिटल जाना है, और वह वहीं जाने की बेवस्था कर रहे थे। मम्मी से यह कहना "आज स्कूल नाहीं जॉब।" मधुमक्खी के छत्ता में सनसना के ढेला मारना है। अब बस एक रास्ता शिवांग के पास बचा था, और उसी रास्ते पर शिवांग बच सकते थे कि अब वह स्कूल के लिए तो जाये, लेकिन स्कूल न जाएँ। यानी कि....... बंक!

शिवांग को एक बार सच में वो हुआ, क्या कहते हैं उसको -गिल्टी .....ग्लानि। यह बात बिल्कुल सही है कि शिवांग इस स्कूल में आकर गुंडई कितनो किया है लेकिन छीछालेदरई नहीं किया था। एक दिन भी बंक नहीं।

आना माना दोष

पर आज का बंक स्वार्थ नहीं परार्थ होगा, अपकार नहीं परोपकार होगा।

इसी कुछ भावनाओ को समेटकर शिवांग राजाई फेंक कर उठ गया। आधे घंटे के भीतर दातुन मंजन करके शिवांग स्कूल के लिए तैयार हो गया। लेकिन अब आंटी जी के सामने तो वह स्कूल ड्रेस पहन कर जा नहीं सकता।

इसका उपाय यश चिल्लांश कर दिए, जो कि अपने घर पर शिवांग का बैग-वैग रखवा दिया। वहीं शिवांग ड्रेस उतार कर जो घर से कपड़ा लाया था उसको भी पहन लिया।

अब शिवांग, जो कि यश चिल्लांश के घर में स्कूल बॉय बन कर घुसे थे, वह निकले कूल बॉय बन कर।

साइकिल पर पैडील मारते हुए, गड़हा-गुडही कुदाते हुए, शिवांग पहुँच गये पी.एम.सी.। साइकिल खड़ा करके प्राइवेट वार्ड के रूम नंबर पाँच में पहुँचा तो कोई नहीं था। कुछ देर वह शकपकया हुआ वहाँ खड़ा रहा कि कहीं आंटी किसी और हॉस्पिटल में नहीं पहुँच गयीं, कहीं दिव्या के ऑपरेशन के लिए डॉक्टर मना तो नहीं कर दिये। अब क्या होगा? लेकिन, लेकिन अभी तो साढ़े नौ ही बज रहा है, अभी तो डॉक्टर बैठे भी नहीं होंगे। यही सब वह सोच रहा था कि हॉस्पिटल के बालकनी में, कई लोगों के बीच में एक हरि और एक लाल आकृति फबती होई दिखाई दी। थोड़ा और करीब आने पर उसको आभास हो गया कि दिव्या और आंटी ही है। दिव्या का वही हमेशा वाला लाल पुलोवर और आंटी एक हरि साड़ी पहनी थी।

दिव्या शिवांग को देख कर, हल्का-सा "हाई" की मुद्रा में अपना हाथ हिला दी।

शिवांग लेकिन अपने आप को सीरियस दिखाने के लिए, कुछ नहीं कहा।

आंटी जब पास आईं तो शिवांग ने झुक कर उनका पैर छुआ।

आंटी "खुश रहे मेरा बच्चा....... हम तुम्हारा पढ़ाई नुकसान करा दिए।"

अभी शिवांग बोलने ही जा रहा था कि "कोई बात नहीं।"

कि दिव्या टपाक से बोल दी, "अरे मम्मी, यह बैल है एक नम्बर का ...इसका पढ़ाई में दिमाग कहाँ रहता है जो तुम पढ़ाई नुकसान करवाओगी।"

आंटी "अरे लेकिन अब बोर्ड है ...अब पढ़ना ही पडेगा।"

आंटी यह कह कर रूम का ताला खोलने लगी और इधर दिव्या ने शिवांग के कान के पास अपना होंठ लाकर बोला "सेक्सी ......एक बात बोलूँ?"

दिव्या के बोलने के ढंग से शिवांग को लगा कि वह कुछ मेहराने जा रही है कि "आई मिस यू सेक्सिया !" टाइप कुछ कहेगी। इसलिए उसने दिव्या के पैर पर पैर से मार कर, दाँत पीसते हुए बोला "शांत रहो .... मेहराव मत अभी।"

दिव्या ने फिर बोला… "तुम्हारे बारे में ही बात है… मेरा सेक्सी।"

शिवांग – "बको !"

दिव्या "थोड़ा अश्लील बात है… वो….. तुम्हारे ......पैन्ट का......... ज़िप खुला है।" फिर अपने नीचे वाले होंठ को दाँत से दबा कर … मुस्कुराने लगी।

और शिवांग तुरंत हाथों को शंकित स्थान पर ले जाकर छतीपूर्ति कर दिया।

रूम में पहुँच कर शिवांग "क्या हुआ आंटी डॉक्टर कबतक आयेंगे?"

आंटी- "वो तो ग्यारह बजे के आस-पास बैठते हैं…. अच्छा तुम जाकर जरा नीचे देखो अगर कोई चाय वाला हो तो चाय और बिस्किट लेते आओ।"

आंटी ने यह बोल तो दिया पर शिवांग को पैसा तो दिया नहीं, शिवांग के पास केवल बीस रुपये थे…. बड़ा असमंजस… पैसा कैसे माँगे।

पैसा तो वह सीधे नहीं माँग सकता पर लगा कि वह आंटी को पैसे के बारे में याद दिलाये।

"कुछ और आंटी?"

आंटी ने हॉस्पिटल के बेड का चादर ठीक करते हुए बोल दिया, "नहीं बेटा अभी केवल चाय और बिस्किट ही ले आओ…. तुमने नास्ता वैगेरा किया है?"

शिवांग "नास्ता नहीं करता हूँ मैं चाय पी लिया हूँ बस ,नास्ता का आदत नहीं।"

आंटी "तभी ऐसे टिटिहरी की तरह हो… यह नहीं की खाने-पीने की उम्र है… तो खाये-पीए खूब।"

शिवांग "हाँ ठीक है आंटी…." कह कर पैसे की उम्मीद में खड़ा रहा। फिर धीरे से कमरे से बाहर निकल गया। यह हिसाब लगाते हुए कि चाय पाँच का एक-एक कप, तीन लोगों का पन्द्रह। चलो अपने लिए नहीं लेते हैं। दस का चाय ले लेंगे

और दस का बिस्किट।

यही सोचते हुए अभी वो कमरे से निकला ही था कि तब तक उसके सिर पर कोई "पट्टृ" से मार दिया। एक पल के लिए तो उसके आँख के सामने अँधेरा छा गया।

सकपका के गुस्से में वह पीछे के ओर देखा "कोन है रे.... माधर......?"

दिव्या ने आँख फाड़ कर, हँसते हुए, अपना दोनों हाथ दोनों कान तक ले जाकर, माफी माँगने की अवस्था में खड़ी हो गयी। "गलती से लग गया इतना तेज नहीं मारना चाहते थे.... सॉरी।"

शिवांग को चोट बहुत तेज़ लगा था, थोड़ा गुस्से में बोला "अभी एक थपड मार दें, तब फेचकुर फेंक दोगी।"

दिव्या "इतना कुत्ते हो... ये सब कहा से सीखते हो बे बोलना...?" हाथ में सौ का नोट थमाते हुए "यह लो मम्मी दी हैं... बिन पैसा लिए कहाँ जंग जीतने जा रहे थे?"

शिवांग "अरे मेरे पास था...!"

दिव्या "तब लाओ वापस करो....!"

शिवांग पैसा जेब मे रखते हुए "नहीं बाऊ लाओ... सुबह-सुबह आवत लक्ष्मी मना नाहीं करेक चाही।"

दिव्या "और हाँ.... एक पपीता भी लेते आना।"

शिवांग चाय वाले से "भइया तनी तीन कप स्पेशल चाय पैक कई दा...!" ब्रिटानिया 50-50 के तरफ इशारा करके "अउर दुइ ठु उ वाला बिसकूट।"

चाय वाले से यह बोल, सड़क उस पार वह पपीता लेने चला गया। पपीता वाला गुटका भरे हुआ था।

शिवांग "हे चच्चा.... पपीता कइसे है?"

पपीता वाला गुटका भरे-भरे ही इसारे में दिखाया, एक पपीता के ढेर के तरफ़ उँगली करके पाँच उँगली से इशारा किया। फिर एक तरफ़ तीन उँगली से ।

शिवांग "अरे चाचा... सांकेतिक भाषा में बात ने करा.... अउर दुकान बा।"

दुकान वाले ने गुटका थूक के "हई पचास के ... अउर हई वाला तीस के!"

तीस वाला थोड़ा सा छोटा था।

पापीता लेने वो जब से रुका था... तबसे ही उसके पीछे एक बुलेरो रुकी थी.... जिस पर वह ध्यान नहीं दिया था। पर अभी जब उसकी नज़र गयी तो बुलेरो में से दो आँखें उसको निरंतर घूर रही थी... वो आँखें जिस चेहरे की थीं वो शिवांग के मम्मी का चेहरा था। अभी-अभी तुरंत उसको याद आया कि आज उसकी मौसी आ रही थी बस्ती डिलेवरी के लिए। पर इसी हॉस्पिटल में? यह उसको एकदम अनुमान नहीं था।

41.

कल्पना, इमेजिनेशन से लिखने में यही दिक्कत होता है कि आप उतर तो जाते हैं ताल में, पर तैरें कैसे? अगर पानी छिछला हो, सतही हो तो हाथ-पाँव, छपकोइया मार लें। मगर अगर गहरा हुआ, बस सारा उस्तादी... चूल्हा में चला जाता है। सेम... बिल्कुल यही स्थिति मेरी... यानी कि लेखक की... यहाँ पर हो गयी है। कूद गये पानी मे... पर तैरें कैसे? अब तो औकात चाहिए तैरने के लिए।

काश! केवल इतना बताना काफी होता कि "दिव्या का एबॉर्शन हो गया।" यह मुझको न बताना पड़ता कि पेट के काटने के समय वह शून्य की सुई लगा कर। सबकुछ अपने आँखों के सामने देख रही थी। बिना कुछ महसूस किये, यह जानते हुए की उसके सामने डॉक्टर जो हरा अप्रिल में खड़ा है, उसके बगल जो नर्स है, वह सब उसके देह पर ही चीरा मार रही है। कैसा होता होगा, सब कुछ जानते हुए भी कुछ न महसूस करना?

इसके बाउजूद दिव्या के आँखों में कुछ आँसू झिलमिल हो रहे थे। अपने अंश को उखड़वाते हुए, वही अंश जिसको दिव्या के पेट में शिखर ने बो दिया था। जो कि फूट कर अब भीतर ही भीतर अपने आपको बना- सँवार रहा था। और जमाने भर के लिए "पाप था।"

आज कुछ औजार माटी खोदकर उस "बीज" को निकाल लिए। काट दीं जड़ें उस जमीन की, जिसमें वो उग रहा था।

बड़ा हौसला चाहिए ऐसा सोचने के लिए, ऐसा लिखने के लिए, पर उससे ज्यादे... उससे कहीं ज्यादे हौसला चाहिए उसको भोगने के लिए। और अब मैं इसको अपना दुर्भाग्य कहूँ या सौभाग्य... कि मैं इसको लिख तो सकता हूँ। भोग नहीं सकता।

खैर... दिव्या को ऑपरेशन थियेटर से प्राइवेट रूम में लाया गया। दिव्या की

मम्मी कमरे में आने के पहले। खुद को सम्भाल रही थीं कि अब उनके दिल, उनके मन में जो भी उबले। दिव्या के सामने जितना स्वाभाविक हो पाओ ....हो जाओ। इस कारण उन्होंने रूम में घुसने के पहले खुद को दरवाजे पर, खुद ही जाँच लिया।

दिव्या की चढ़ी आँखें, रुई-सा कोमल पीला पड़ा चेहरा... हरे कम्बल में लिपटी वो...। यह सब कुछ गवाही दे रहा था... कि ऑपरेशन हो गया।

पूरे ऑपरेशन के समय तो वह ऑपरेशन थेटर के बाहर ही थीं। पर जैसे उनको खबर मिला कि ऑपरेशन हो गया। और दिव्या अब बाहर आ रही है तो वह तुरंत वहाँ से हट गयी। और पहले गायत्री मंत्र और दो-चार मंत्र पढ़ के... जी भर रो लिया। और खुद को इस काबिल बना ली... कि अब वह अपनी बेटी के पास जा सकती हैं।

42.

अभी शिवांग स्कूल से घर पहुँच कर, अपना टाई बिस्तर पर फेंका ही था कि किचन से आवाज आते सुना। क्योंकि उसका कमरा घर के शुरुआत में ही पड़ता है इस कारण तो किसी को पता नहीं चला कि वह पहुँच गया है।

शिवांग अपना कान किचन से आती हुई आवाज के तरफ किया और…… "सन्न।" उसकी मम्मी भून-भुना रही थी "आवें आज शिवांग उपाध्याय…. माई दादा के हेल के मारल बेल समझले बाटें? पढ़ाई नाहि होला यहमे… उस स्कूल में जाना है… वह भेजली तो… हो देखा… स्कूल के कपड़ा बदल के टहरत (घूम) हैं।"

इतना बात शिवांग को सन्न करने के लिए काफी था। एक तो ठंडी और ऊपर से थरथराहट उसके हाथ-पाँव ओर ठंडे पड़ गये। वह कपड़ा जल्दी से उतार कर तुरंत कम्बल ओढ़ कर सो गया। छुप गया… कि शायद मम्मी ना देखे।

कम्बल में घुमड़ के यही सोच रहा था… कि वो क्या करें? तीन बार गायत्री मंत्र पढ़ा… ॐ भूर्भवः स्वह… फिर जब शंका निवारण नहीं होते देखा तो भगवान से सेटलमेंट करने के लिए एक प्रस्तावना दी "हे भगवान… विष्णु जी… विद्या कसम… अब कब्बो कुत्ता को लैट्रिन करते देख कर दो उँगली में गाँठ नहीं बाधेंगे… जिससे उसका अटक जाता है।"। फिर उसको एक और पाप याद आया… अभी तीन दिन पहिले तो… ए.पी.एन. के फील्ड में जब दो कुतिया-कुत्ता सटे थे… उसी समय शिवांग ने मेन इंटरसेक्टिंग पॉइंट पर, साध के ढेला मारा था। जिससे कुत्ता 'पे…… पे' करते हुए कुत्ता, कुतिया को सताए हुए भाग रहा था। शिवांग को लगा… बस उसी का आह लगा है। गलत बात… एकदम। बताइए… चलिए आप क्या बतायेंगे… हमहि बता देते हैं… इतना बड़ा परोपकार करके आ रहा है… लेकिन तब्बो… ई हाल। दुनिया स्वीकार ही नहीं कर रही है। क्या शिवांग ऐसा कुछ किया था… मीन्स बियॉन्ड ढेला मारने वाले घटना से… जिसके लिए

उसकी मम्मी... काली का आह्वान कर रही है। लेकिन अब तो वही होगा... जो होना चाहिए।

शिवांग की मम्मी कमरे में आकर शिवांग का बैग देखी... और कम्बल के उभार से समझ गयी की शिवांग आ गया।

"राजा बेटा?" कम्बल को कोचते हुए।

"हूं!"

"अच्छा थक गइल होइए? ....जग जीते गइल रहले। ने हमार राजा बेटा?"

शिवांग मम्मी का व्यंग समझते हुए भी "अरे यार मम्मी... सोये दा।"

मम्मी – "अब्बे तोहार नौटंकी भुलवा देब मार के.... जेतना कर्म बा कुछ तू छोड़े ने... जा पुता... मारत हवा भूज डालत बाटा... माई-दादा के।"

शिवांग आँख मुलाकाते हुए... सनपाता हुआ मम्मी को देख रहा था।

मम्मी घुड़क के बोलीं "कहाँ गये थे आज?" और फिर एक हाथ शिवांग को मारने के अवस्था मे तान ली थी "जल्दी बोल... बोल जल्दी?"

शिवांग अपने आपको देखते हुए... "के... हम?"

मम्मी "सही सही बताओ... नाहीं तो मारत मारत नौटंकी भुलवा देब... जबसे देखे ही तब्बे से खून खोलल बा।"

शिवांग सनपाता हुआ मम्मी को देख रहा है.....

मम्मी हाथ पीछे करके "बताओ जल्दी किसके साथ गये थे... और क्यों गये थे... कौन तुमको स्कूल में प्रोब्लम है? ...सही सही बता दोगे कुछ नहीं बोलेंगे...!"

पर शिवांग मम्मी को घाघ के तरह देख रहा था।

मम्मी थोड़ा पूचकार में "बताओ बाबू... मारेंगे नहीं...!"

शिवांग अब भी कुछ नहीं बोला....

मम्मी इतने में चप्पल निकाल कर, शिवांग के मुँह पर दो चप्पल "पट पट" रखते हुए... "हरामखोर कहिन के.... तबसे बाबू करत ही... बोल नाहिं पावत बाटा... जल्दी बताओ क्यों गये थे...?" चप्पल एक हाथ से... मारने की अवस्था में।

शिवांग ने हाथ जोड़ कर... बिलखते हुए बोला "सॉरी मम्मी... अब कब्बो नाहीं होई...!"

“सारी पारी नाहीं ... क्यों तुम घर से झूठ बोल कर... निकले थे... ? ये बताओ... !"

अब शिवांग बिस्तर पर ही घुटनों के बल बैठ कर... हाथ जोड़ता हुआ "मम्मी सही में बहुत जरूरी काम रहल !" उसके साँवले चेहरे पर आँसुओं से मिटी हुई... चप्पल की माटी दिख रही थी।

मम्मी अब भी चप्पल हाथ में ली थीं... चप्पल को थोड़ा वेलोसिटी देने के लिए वो हाथ को पीछे के तरफ ले गयी... कि शिवांग बिलख पड़ा "अरे मम्मी.... हाथ जोड़त ही एक ठू काम रहा... हम बता देब बाद में... अभिन नाहीं बतावे लायक बा... हाथ जोड़त ही... बस एह बार माफ कई दा।"

मम्मी "हमहुँ का करी हमेशा तो एही कहा ला... बच्चा .....कि अब माफ कई दा... तब माफ कई दा... ।”

शिवांग "बस यह बार... प्लीज।"

शिवांग के चहरे पर चप्पल के निशान थे... और उस मट्टी से आँसू की रेखाएँ बह कर उससे एक अलग लकीर बना रही है।

मम्मी भी शिवांग का चेहरा देख कर... और अपनी स्थिति सोच कर बिलख पड़ी "पता नाहीं कोने जन्मे के कर्म भोगत ही... जा बचवा सही में भुज डारत बाटा.... केवल तोहके एक काम बा कि पढ़ा ... और तू उहो नाहीं करा ला... ।"

अपने सिर पर अपना दोनों हाथ पिटती हुई, "हमहुँ के भगवान कोन-कोने दिन करतीं जीयावत बाटें... सही आत्मा दुखी हो गइल बा तोहसे।"

शिवांग मम्मी को देख कर और बिलख पड़ा उसने बढ़ कर उनका हाथ पकड़ लिया, "हम पढ़ब... मम्मी... तोहार कसम हम पढ़ब... लेकिन अभिन एक काम बा जरूरी... केहू के ज़िन्दगी के सवाल है .....समझा तू।"

कहानी के इस हिस्से तक पहुँच कर मैं बहुत शर्मसार हूँ... क्योंकि मैं केवल दिव्या के पीड़ा पर अपना संवेदना थोप सकता हूँ। और उस आधार पर यह कल्पना कर सकता हूँ और करा सकता हूँ कि "उसको ऐसा फील हुआ होगा... या इस पर वह ऐसा रियेक्ट करेगी।" इसलिए मैं आप पाठकों से इस बात की माफ़ी माँग लेना चाहता हूँ, कि अब मैं कहानी को फ़ास्ट फारवर्ड करने जा रहा हूँ। कहानी के जरूरत के लिए नहीं अपनी दुर्बलता छुपाने के लिए।

43.

हिस्ट्री के क्लास में पियून एक रजिस्टर हाथ मे लेकर पहुँचा। सौम्या मैम और बच्चे उसको देखने लगे। शिवांग दिव्या से "वाह... बिहान छुट्टी बा।"

दिव्या "नहीं तुम्हारा मुँह है।"

शिवांग बिन कुछ बोले क्लास के और बच्चों के तरह ही मैम को देख रहा था।

सौम्या मैम "देखिए आप लोगों के लिए एक नोटिस है कि एनुअल फंक्शन आर्गेनाइज होने वाला है, ट्वेंटी फोर्थ अप्रैल को, तो.... जो जो भी प्रोग्राम करना चाहता हो, अपना नाम स्टाफ रूम में आकर बता देगा। कौन, कौन-सा प्रोग्राम होगा इसका चार्ट आपको वहीं से मिल जाएगा।"

इतना बात सुनते ही पूरे क्लास में भून भुनाहट शुरू।

शिवांग दिव्या से.... "ई बताओ... खाना में काओ-काओ मिली... और पैक करने वाला सिस्टम रहेगा या नहीं?"

दिव्या को हँसी आ गया... एक मुक्का "धम्म" से शिवांग को मार कर "दलिदरई में डिप्लोमा किये हो क्या?"

शिवांग को भी मन किया उसका चोटी खींच दें... पर सौम्या मैम के सानिध्य में वो साहस नहीं जुटा पाया। इसलिए अपने पैर से झट से दिव्या के पैर पर मार दिया। धीमे से केवल संकेत मात्र।

बेल खत्म हुई तो "सौम्या मैम स्टाफ रूम में बुला रही है।" आद्या ने दिव्या से बोला।

दिव्या झल्ला कर "बे यार..... फिर स्पीच वगेरह के लिए ठेलेंगी क्या मेरा नाम?"

आद्या "जाओ... वही जाने।"

आना माना दोष

दिव्या स्टाफ रूम में सौम्या मैम के टेबल के पास खड़ी होकर, "मैम... डू यू कॉल मी ?"

मैम- "हाँ... दिव्या देखो ! देयर इज इंगलिश प्ले कॉल्ड सिंड्रेला, एंड आई थिंक यू आर परफेक्ट, टू परफॉर्म द रोल ऑफ सिंड्रेला।"

दिव्या – "बट मैम आई एम नॉट फाइन टू परफॉर्म एनी रोल।"

मैम- "बट यु हैव टू परफॉर्म।"

दिव्या "आई विल ट्राई... कैन आयी गो मैम?"

मैम "या स्योर!"

दिव्या को अबॉर्शन करवाये पाँच महीने हो चुके थे। और वह ज़िन्दगी में अपना रोल सही से नहीं निबाह पा रही थी। तो फिर सिंड्रेला का रोल किस तरह से निभाती। उसको खुद का जीवन भी किसी मूवी का सीन लगता... आपको भी लगता ही होगा। हर समय वो अपने रोल को परफॉर्म ही कर रही थी। अपने रोल को।

मम्मी के सामने अलग तरीके से, शिवांग के सामने अलग तरीके से, औरों से सामने अलग तरीके से। मम्मी और शिवांग से उसको ज्यादा सतर्क रहना पड़ता। क्योंकि शिवांग और मम्मी ने जो किया वो एक एहसान था। और जिसके एहसान का आपको एहसास हो जाए, वो इंसान नहीं देवता हो जाता है। शेम हो रहा था दिव्य के साथ। देवता के साथ कोई कैसे स्वाभाविक रह सकता है? वो सहमी रहती... कि शिवांग के मन में उसके किसी हरकत से ऐसी फीलिंग न आये कि शिवांग को सोचना पड़े "अच्छा सिला दिया तूने मेरे प्यार का।"

पर शिवांग तो शिवांग था। ऊपर से लड़का। उसके ज़िन्दगी की समस्या शुद्ध आदमियों वाली ही थी। समस्या तो और भी बहुत था, पर जिस समस्या को शिवांग समस्या मान रहे थे। वह थी यह- गर्मी आ गया था, एको-आधा घण्टा लाइट जाता तो पूरा क्लास बसाने लगता। पसीना से पसीज़े हुए ।

पर शिवांग को थोड़ा ध्यान देना पड़ता... मीन्स कॉन्शियस होकर। क्योंकि उसके बगल में बैठती थी दिव्या।और दिव्या शिवांग के लिए कितनी भी कॉमन हो जाए... रहेगी लड़की ही। और मैन विल बी मैन। इसलिये शिवांग हमेशा ही डरता कि कहीं लाइट गयी... पसीना होना शुरू हुआ... और शिवांग का अंडर आर्म्स...

बुढ़ाये बकरे कि तरह बस्साने लगा तब ?

पर सत्रह साल के शिवांग के जीवन में, वो इन सब को लेकर कभी सीरियस था नहीं। पर क्योंकि अब उसको भी लेकर कोई सीरियस है... तो वह अपने ग्रोमिंग और मेंटेनेन्स पर ध्यान देने लगा। इसलिए अब वह सुबह-सुबह नहाने भी लगा। आप कह रहे होंगे "व्हाट्स द राइटर इज डूइंग... नोंसेन्स... गर्मी में नहा कर कौन सा वह दसरथ मांझी बन गया... कि उसका जिक्र किताब में हो।" लेकिन देवियों और सज्जनों। जो लड़का ठंडी में पन्द्रह-पंद्रह दिन नहीं नाहता है। नहाता तब है जब सारा देह खजुआने लगे। रात को सोना दूभर हो जाए खुजली के चलते। और पेट और पीठ तो ब्लैकबोर्ड के गुण को ग्रहण कर लें। यानी कि यदि आप अपने उँगली से उस पर रगड़िए तो वहाँ साफ-साफ सफेद रेखा बन जाए। वह क्या कहते हैं... "रफ" हो जाती थी उसकी स्किन। इस अवस्था में शिवांग नहाता है। और नहाता नहीं नहाना पड़ता है। पानी गर्म कर बैठ कर पहले हाथ से उसको टटोलता है। फिर अपने ऊपर छींटा डालता है। फिर आँख बंद कर एक मग जल्दी से... और फिर लगातार नहा के। तुरंत तौलिया बाँध कर धूप में खड़ा हो जाता है।

अब गर्मी में सुबह ही नहाना... पड़ता है। खैर, जीवन दुख है... बुद्ध कह रहे थे। पर ये पूर्वान्चल वाले साले किसी की सुने तब ना।

39.

गुणचुइटा जानते हैं? आप ही से कह रहा हूँ। गुडचुइटा नहीं जानते? सुनिए, इसका सन्धि-विच्छेद करिए। हो गया गुड़+चुइटा इज इक्ल टू गुड(जयगरी), चुइटा यानी चींटी(एंट)। जब गुड से चींटी इस तरह से चिपक जाए और छुड़ाए न छुटे, तो यह शब्द सार्थक हो जाता है। इसी तरह सौम्या मैम पीछे पड़ गयी थी दिव्या को सिंड्रेला प्ले में एक्ट कराने के लिए। गुडचुइटा हो गयी थी।

दिव्या अपना जान बहुत छुड़ाना चाही पर कुछ नहीं हुआ। करना ही पड़ा नाटक।

अच्छा.... एक बात अउर पूछें? रिसिया तो नहीं रहे हैं? ये बताइए ....कंप्यूटर रूम देखे हैं? चलिए भले आपलोग कंप्यूटर रूम न देखें हों, पर इस रूम ने बहुत कुछ देखा है। यकीन कीजिए। अच्छा अब किताब छिपा के पढ़ियेगा... घर वाले न देखे। आगे वयस्क पाठकों के लिए कुछ सामग्री है। कहा जाता है कि सावरे, जो कि पहले डायरेक्टर सर के ड्राइवर थे। लेकिन सुनते हैं कि जब वह कार

चलाते-चलाते डायरेक्टर के ज़िन्दगी का आधार- मतलब उनके लडकी- के साथ मूवी देखने ही नहीं बनाने भी लगे । जब उनका प्यार एकदम से उभार पर था, डायरेक्टर ने उसको (सावरे) को उद्धार दिया था । यानी कि हत्या कर दी । और अपने लड़की को जयपुर भेज दिया ।

तो इस प्रसंग का यह कमरा प्रत्यक्षदर्शी है । इसे ही कालांतर में कंप्यूटर रूम के रूप में अलंकृत किया गया । तो एक दिन इसी कंप्यूटर हॉल में उस सिंड्रेला के नाटक का रिहल्सल हो रहा था ।

दिव्या सिंड्रेला के रूप में खड़ी थी । प्रिंस दरबार में सबको "हेलो-हेलो" करते हुए बढ़ रहे थे । और सारे दरबारी "गुड इवनिंग प्रिंस" बोल कर प्रिंस को अभिवादन कर रहे थे ।

इसी बीच सिंड्रेला को दर्द हुआ, सिर में । वह बगल में खड़ी एक और लड़की के कंधे पर हाथ रख दी । फिर और तेज दर्द होने लगा । उसने बाएँ हाथ से अपने माथा का बायाँ हिस्सा बहुत तेज दबाया । मुँह खुला लेकिन आवाज नहीं निकल रही थी । और वह खड़े-खड़े जमीन पर । यह सब कुछ सिंड्रेला के साथ नहीं... दिव्या के साथ हो रहा था । पूरी क्लास अभी तक दिव्या में सिंड्रेला को देख रही थी, अब वापस दिव्या में एक लड़की को देखने लगी । मैम दौड़ी.... "पानी ले आओ.... पानी ले आओ" का शोर हुआ । दिव्या ऊपर की ओर आँख पलटने लगी । जबड़ा ऐंठने लगा । पैर काँपने लगा । मैम और एक लड़की उसका माथा रगड़ने लगे । दिव्या के आँखों की पुतली ऊपर की तरफ चढ़ गई । उसका जूता निकाला गया, दो लड़कियाँ पैर रगड़ने लगीं । पर दिव्या के मुँह से एक अजीब-सी आवाज आयी... "उ एएएए ए ए" और आवाज के पीछे आता है मुँह रो झाग... सफेद .....जैसे दुन्ध उबलता है । शायद दिव्या के भीतर भी कुछ उबला था । उसके चेहरे पर पानी डाला जाता है । पर कोई हरकत नहीं । सब शांत ।

एक लड़का दिव्या को उठाये... सीढ़ी से ले जाता है । पीछे-पीछे कई टीचर और बहुत सारे बच्चे । सारे क्लास में बात पहुँच जाती है । "कोनो लड़की बेहोश हो गयी" शिवांग के क्लास में भी बात जाती है पर "कोनो लड़की" के जगह "दिव्या बेहोश हो गयी" बन कर ।

शिवांग उसी समय पेन फाइटर खेल रहा था । आद्या भागती हुई आती है, दिव्या के बैग के पास । शिवांग उसके पास जाकर "का भे रे?"

आद्या, हाँफ़ते हुए... "दिव्या को फ़िट्ज आया है?"

शिवांग मुँह बना कर "कौन इट्ज़?"

आद्या, उसको घूर के देखती हुई "हमेशा मज़ाक अच्छा नहीं लगता है शिवांग... मिर्गी होता है फ़िट्ज मतलब" यह कहते हुए वह दिव्या के बैग से उसका दवाई और बोतल लेकर जाने लगती है। शिवांग उसके पीछे-पीछे जाता है। बाहर स्कूल के कंपाउंड में एक वैन को कई बच्चे और टीचर घेरे खड़े हैं।

आद्या "मैम लीजिए" कहती हुई, दवा वैन में बैठे सौम्या मैम को दे देती है। शिवांग भी उसी भीड़ में जगह बना कर घुसता है। और घुसते ही दिव्या का अजीब तरह टेढ़ा जबड़ा देख सहम जाता है। उसके हाथ-पैर में सिहरन होने लगती है। दिव्या का सिर काँपता रहता है। मुँह से झाग और अजीब तरह से उभरी हुई नसे। खुले हुए... नहीं नहीं, छितराये हुए बाल।

उसी घेरे हुए भीड़ में से। एक लड़का, मुँह पर हाथ रख कर, चौंकते हुए, अपने बगल के लड़के से "ओरे... भाई साहब, फालिज है... माँ कसम।"

"हाँ!"

"हाँ!"

शिवांग भी देख कर यही समझ रहा था। शिवांग उस लड़के का टाई पकड़ कर "अगर फिर पनौती बात बोले... तो मारत-मारत तोर ब्लड सर्कुलेशन रोक देब।"

लड़का सिक्स्थ-सेवंथ का था। बोले भी क्या? हट गया, मन मन गरिया कर।

इधर वैन भी कुछ दूर पर ही पहुँची थी कि दिव्या के सर में जो लगातार कँपकपी हो रही थी। वो रुक गयी। मैम ने पानी का छींटा मारा तब भी कुछ नहीं। सौम्या मैम का पहले से रो रो कर बुरा हाल था। इस जड़ता को देख कर वह और सहम इ। वैन में चार लोग थे। ड्राइवर, प्रिंसिपल सर, सौम्या मैम और दिव्या। ड्राइवर और सर आगे, मैम और दिव्या पीछे। एक प्रीति मैम पीछे स्कूटी से आ रही थी।

दिव्या का जकड़ा शरीर देख के मैम सकपकाते हुए "अरे... सर.... अब तो... अब तो कुछ भी मूवमेंट नहीं हो रहा है।"

प्रिंसिपल सर पीछे झाँक के देखे, फिर ड्राइवर से "जगेसर... गाड़ी रोको... रोको गाड़ी।"

गाड़ी से उतर कर सर दिव्या के नाक के पास दो उँगली लगा कर चेक करते हैं। फिर दिव्या के बाये हाथ की नस को अपने हाथ से टटोलते हुए। उनकी आँखें चौंक गयीं। यह देख कर मैम फफक के रोने लगीं।

फिर वैन से दूर जाकर, प्रिंसिपल, डायरेक्टर को फोन करते हैं। उनका पहला वाक्य रहता है "सर, शी इज नो मोर।"

फिर कुछ बात करके वो वैन में बैठ गये। प्रिंसिपल सर के फोन पर मैसेज बीप हुआ। दिव्या के घर का पता था यह। डायरेक्टर भी वहीं पहुँच रहे थे। उसके घर वालों को इन्फॉर्म कर दिया गया।

मौत एक नटखट लड़का है। जो कि सबके मज़े लेता है। और आदमी बड़ा मजबूर हो जाता है इसके साथ। जैसे आप कहीं जा रहे हो। पैदल सड़क के किनारे। रात का समय हो, घना कोहरा और अचानक पीछे से एक गाड़ी आती है। उस गाड़ी पर बैठा हुआ लड़का आपके सर पर एक टीप मरता है। अचानक झन्नाटेदार। आप चौंक पड़ते हैं। जब तक आप समझ पायेंगे क्या हुआ। वो मोटरसाइकिल गायब। आप गाली दें, माँ बहन नेवते, कुल-खानदान को सरापे.... लेकिन वो तो मौज ले लिया आपकी। यही होती है मौत... शायद।

44.

दिव्या का घर देखता है उसी पीली वैन को आते हुए। घर जहाँ से वह यह कह कर निकली थी कि "शाम को शायद लेट हो जाएँ, एक प्ले का प्रैक्टिस होगा उसी में, जैसा होगा मैम के फोन से मैं फोन कर दूँगी।"

लेकिन आज तो वह छुट्टी से दो घंटे पहले ही पहुँच गयी। पर दिव्या के पहुँचने से पहले एक फोन पहुँचा। उसके मम्मी के पास

"हेलो... हाँ सुमन जी?"

"जी बोल रही हूँ।"

"नवल्स एकेडमी से मैं डायरेक्टर बात कर रहा हूँ.... मैम कुछ सीरियस है, हम आपके घर आ रहे हैं दिव्या को लेकर। आपलोग हर स्थिति के लिए तैयार रहिएगा...।"

"मतलब...?"

"मैम एक दुर्घटना हो गयी है... हम आकर बात करते हैं।"

फोन कट।

दिव्या की मम्मी फोन हाथ में रखे ही, हाँफने लगीं... समझ नहीं आया कि क्या करें? दिव्या के पापा ड्राइंग रूम में टीवी देख रहे थे। वह भागते हुए उनके पास गई, हाँफते हुए बोलीं "जी... बहिनी के स्कूल से फोन आया था... हमको कुछ समझ नहीं आ रहा है।"

दिव्या के पापा "कैसा फोन" बोलकर खड़े हो जाते हैं।

दिव्या की मम्मी उनको पकड़ के रोते हुए बतातीं है। "अरे... दादा कौन-कौन सा दिन देखने को लिखा है। डायरेक्टर का फोन आया था कह रहा था एक दुर्घटना घट गयी है आप हर स्थिति के लिए तैयार रहिएगा।"

आवाज सुन कर दिव्या की बहन दीपांशी भी आ जाती है। इसी बीच बाहर एक हॉर्न बजता है। उस गाड़ी का जिसमें वही "दुर्घटना" है।

तीनों लोग भागते हुए जाते हैं गेट के पास, गेट खोल कर बाहर जाते हैं। सामने स्कूल वैन खड़ी है। प्रिंसिपल सर पीछे वाले हिस्से का दरवाजा खोलते हैं। उसके अंदर वही "दुर्घटना" या जो कुछ भी। उसकी मम्मी हुई हई उसके पास जातीं हैं "अरेएए.... बहिनिईईईईईई" पीछे-पीछे दीपांशी। मम्मी उसको पकड़ के रोने लगती है, कभी उठ के चौंकते हुए उसका गाल थापकाने लगती हैं "ए बहिनी... मेरी परान"

पर दिव्या अब अकड़ चुकी हैं। उसका चेहरा बहुत "भयंकर" रूप से टेढ़ा है।

फिर उसकी मम्मी, मैम से, बड़ा सादा सा सवाल पूछती हैं "मेरे बहिनी को क्या हुआ?" पर मैम उनको ऐसे देखती हैं जैसे कोई बच्चा टीचर को तब देखता है जब वो होमवर्क की कॉपी घर छोड़ दिया हो।

उसके पापा खड़े थे। आँखें फाडे हुए, निचले होंठ को अपने दाँतों से दबाये हुए। प्रिंसीपल सर उनको "सब" बता रहे थे कि आखिर उनकी बिटिया दुर्घटना कैसे बनी।

अगले दिन सुबह, दिव्या के घर के बाहर दो कॉन्स्टेबल, कुछ रिस्तेदार, कुछ मोहल्ले वाले और कुछ "इनके घर क्या हुआ है?" देखने वाले। खड़े, बैठे और मंडरा रहे थे। और एक शख्स ही वहाँ पर सोया था, इन सब से अनजान, वो आप समझ ही गये होंगे? दिव्या।

एक सफेद कपड़े से ढकी हुई। जिसके पैर के पास गोबर का कंडा सुलग रहा था। बगल में अगरबत्ती। उसकी मौसी और सब लोग जो अभी-अभी वहाँ आयी थी, अपने हिस्से का दुख व्यक्त कर रही थी। और मौत जो सबसे करिश्माई काम कुछ देर के लिए कर जाता है, कि मरने वाले को सबके नज़र में कुछ बेहतर बना देता है। वो कर रहा था। दिव्या के बारे में जितना बेहतरीन बात हो सकती थी, हो रही थी लेकिन बस लाश के आस-पास।

पुलिस वाले इसलिए आये थे कि दिव्या का पोस्टमार्टम होगा, पर वो शब्द उतना सटीक नहीं, जितना कि हिंदी का शब्द "चीड़-फाड़" उसको सही मायनों में व्यक्त कर रहा था। जिससे यह पता लगता, वह मरी है या मारी गयी है?

दिव्या की मम्मी, उसके पापा से – "अब हमको कुछ करवाना नहीं है, जितना हुआ उसी से हमारे भाग्य में इतना "चीड़-फाड़" हो गया है कि और नहीं सहेंगे।"

उसके पापा- "हर जगह भावुकता से नहीं चलता है, ये स्कूल की लापरवाही है, सीधा-सीधा।"

"दिव्या इससे नहीं आने वाली न, मेरा कोख खाली तो हुआ ही।"

दिव्या के पापा अजीब तरीके से चेहरा बना के "हम करवाएंगे... पोस्टमार्टम।बस।"

"अभी तो बस बेटी मरी है... उसके बाद आप भी नहीं जी पायेंगे, घर भर को जहर देना पड़ेगा।"

दिव्या के पापा का मुँह और कसैला हो गया, जैसे कोई बदबू आ रही हो उस बात से, वो कुछ बोले बिना बस देखते रहे दिव्या के मम्मी को कि वो और बोलेगी।

"खड़े रह पाओगे लोगों के सामने....... जब यह पता चलेगा कि तुम्हारी बिटिया एक बच्चा गिरा चुकी है।"

उसके बाद उसके पापा सिर को हाथों में सम्भाले हुए, कुर्सी पर बैठ गये। इसको "धड़ाम से गिरना" कहते हैं। जैसे कोई इमारत भर-भराती हुई गिरती है। भूकंप के बाद। जो आदमी अपने पत्नी के सामने यह खबर सुन कर नहीं खड़ा रह पाया, वो समाज में कैसे खड़ा हो पाता।

दिव्या के घर के पीछे दो देवरान जेठानी, जो कि अभी दिव्या के घर से आयी थी वो कह रही थीं, "बेचारी सुमन भाभी.... क्या क्या देखना पड़ेगा इस जन्म में?"

देवरानी "जीजी.... कहना तो नहीं चाहिए, पर एक बात बताये, लड़की भी बहुत गुल खिलाई है.... एक ठु लड़का गोली मार लिया था... जमाने में आग लगा है।"

और इन्हीं का बेटा, एक दिन दिव्या बारिश में नहा रही थी तो उस लड़के ने अपने छत से दिव्या की फ़ोटो खींची। अपने एक दोस्त को सेंड करके लिखा =

"Barish me kehar"

उसका रिप्लाई आया "bol na bhai... hum bhi pyase hain"

लड़के ने लिखा "bhav nahi deti hai... ab"

उसका रिप्लाई आया "bhav koun mang raha hai … kuch or de de kafi hai"

लड़का "haa haa haa haa"

उसका रिप्लाई आया "mera matlab dil….. ha ha ha"

45.

दिव्या के मौत के चार दिन बाद। शिवांग अपने बैग के बोतल होल्डर से, पास-पास, कच्चा आम, क्रीम फिल्स मानगो बाईट वगैरह का रैपर निकाल रहा था, जिसको हफ्ते भर खा-खाकर उसमें ठुसता जाता था। वह उसका पोर्टबल डस्टबीन था। तभी उसको उसी में मुड़ा-तुड़ा एक पेज मिला। पहले तो उसने उसको अलट-पलट के देखा। फिर पढ़ने लगा। आपको भी पढ़ना चाहिए।

"हे सेक्सी, तुमको पता है एक दवाई होती है जो जहर बन जाती है। पर जब उसको सही तरीके से ना लो, तो। अगर उसको बिना पानी के, चबा जाओ, तो वह दवा से जहर हो जाती है। और सबसे भयानक बात या मेरे नज़रिए से अच्छी बात कि आपको जब तक पता चलेगा कि "ओह, यह तो जहर है। इतने में आदमी भूत बन जायेगा। मेरा मतलब है, निपट जाएगा। तो मिस्टर सेक्सी फ़ॉर यौर काइंड इन्फ़ॉर्मेशन -किसी से बताना मत- मैं वो दवा खा चुकी हूँ, पानी भी नहीं पिया। अगर दवा नकली नहीं हुई तो माल आधे घण्टे के भीतर मैं दिव्या पाठक, स्वर्गीय दिव्या पाठक हो जाऊँगी। हालाँकि मेरे चाल-चलन ऐसे नहीं है, फिर भी तेरहवीं में मेरे फ़ोटो पर लिखा रहेगा Late Divya Pathak ।

खैर, अब ध्यान से पढ़ो, यह बस नोट नहीं "सुसाइड नोट" है। थोड़े सिरियस हो के पढ़ना। तुमसे यह उम्मीद करना तो बैल से दूध की उम्मीद है फिर भी आई ट्रस्ट यू बे।

यार जानते हो, शिखर के डेथ के बाद जी सकती थी। मतलब सीख भी रही थी जीना। और तुम, तुम सिखा भी रहे थे। हर टोंट, हर लालछन को तुमने पोंछने की कोशिश भी की। कोई कसर नहीं। तुम ही थे, जो मेरे उदासी को इतना गुदगुदाये कि मुझको खिलखिलाना पड़ा। पर यह सब बैमानी हो गया तब जब, मेरे प्रेग्नेंसी का पता चला। मेरे ज़िन्दगी के पन्ने से उस दाग को मिटाने के लिए भी

आना माना दोष

तुमने कोशिश की। पर एक बात बोलूँ शिवांग, इसको मिटाने के लिए तुम लोगों ने इतना रगड़ दिया कि मेरे ज़िन्दगी का पन्ना फट गया। मैं अपने आपको कभी माफ नहीं कर पाई, इसके लिए की मैंने, अपने होने वाले बच्चे का हत्या अपने ही कोख में करवाया। मैं कभी कह नहीं पाई यह, पर यह था। मेरा था। तुमने और मम्मी ने गलत भी नहीं किया। तुमने तो सोसायटी, समाज के तरह से सोच कर फैसला लिया। पर मैं "माँ" के हिसाब से देखती हूँ बे। मुझे दिन-रात अपने इस घुटन ने साथ जीना पड़ता है। मुझे लगता है कुछ गलत हो गया, पाप जैसा कुछ। अब क्या लिखूँ? पर एक बात बोल देती हूँ... जाते-जाते। यह अगर तुम कुछ दिन मेरे साथ और रहते तो जरूर बोल देती तुमको, तुम्हारे कान में। पर "बेचारा सेक्सी।"

"I love you… from the bottom of my heart"

तुम्हारी ....

लिख लेना जो मन करेगा।"

शिवांग का साँस फूलने लगा। एक चीख उसके होंठो से कूदने के लिए परेशान थी। जिसको वह भीच लिया। वही चीख फिर उसके आँखो तक गयी, और आँखें भी लाल होने लगी।

वह भागता हुआ अपने कमरे में जाता है और दीवार को पकड़ के रोने लगा। इस तरह से जिससे उसका भोकार कोई और न सुन पाए। फिर वह अपने चेहरे पर तकिया दबा कर रोया। रोते रोते हिचकी भी आ रही थी, जिससे उसके शरीर में हिचकोले उठते। और बीच-बीच में वह बोल रहा था "अरे बाबूऊऊऊ... हमसे कहना नहीं था?".....“तुम बताई होती... " “आई लव यू ऊऊऊ... सही में आई लव यु।"

10 साल बाद....

एक कमरे में दो आदमी सोफे पर बैठे हैं। सामने टेबल पर दो कप चाय रखा है। जिसके बगल में भुना काजू, प्लेट में। उस कमरे में एक आदमी हाथ में कुछ पैकेट ले के आता है और सोफे पर बैठे दूसरे आदमी को देते हुए कहता है

“चरस का सैम्पल कुछ टाइम लगेगा आने में... दो-तीन दिन।"

सोफे का दूसरा आदमी, वही पैकेट सोफे के पहले आदमी को सौंपते हुए।

“उपध्याय जी... माल में कोई कमी नहीं है एक नम्बर है, एक नम्बर। कहिए तो बनवाऊँ एक जॉइंट।"

पहला आदमी, उस पैकट को टेबल पर रख कर "अरे महाराज यकीन ना होता तो हम खुद आते? .... बस पेमेंट का बताइए, कैश नहीं है। और सारा ट्रांजेक्शन एक साथ नहीं करूँगा... चालीस-चालीस करके बीस एकाउंट में... चलेगा?"

दूसरा आदमी "उपध्याय जी... आपको पता ही है, हम शादीशुदा आदमी हैं, हार्ड पैक नहीं पीते वरना बीबी भाप लेगी। लाइट में विश्वास रखते हैं। आप पेमेंट भी लाइट में ही कीजिएगा।"

पहला आदमी "जैसा आदेश गुरु देव।"

दूसरा आदमी "तब इस बार चुनाव का तैयारी कैसा है.... चेयरमैन ही बनेंगे या विधायकी?"

पहला आदमी "विधायकी तो आप लोगों का है गुरु देव... हम तो मोहल्ला और सिटी के मजदूर हैं।"

दूसरा आदमी "मजदूर नहीं... जन सेवक कहिए भाई... अच्छा.... पैक बनाऊँ?"

पहला आदमी "नहीं साहब कभी और.... अभी निकलना है।"

पहला आदमी हाथ जोड़ कर चल जाता है। सफेद हुंडई वरना में बैठ कर, जिसके पीछे दो ब्लैक स्कोर्पियो भी चल रही है। वो अपने बगल वाले से कहता है, "बड़ा पियक्कड़ है साला..."

दूसरा आदमी जो कि अधेड़ उम्र का है, "अरे तो अपने धंधा का अपने ग्राहक है... कौन दिक्कत?"

"ए चच्चा... नदी खुद का पानी नहीं जूठियाया करती है।"

"अच्छा नदी का बात... नदी और पानी। समझे तुम कल खाली हो?"

"क्यों...?" फिर हँसते हुए "बरदेखुआ बुलाये हैं क्या?"

"हम कहाँ इतने काबिल... हिंदुस्तान पेपर वाले अनचाहा जाना चाह रहे हैं... कोनो लेख-वेख लिखना है... तुम्हारा काम पड़ेगा।"

"चला ई काम है ठीक... इसी बहाने कोई फंड भी आ सकता है... लेकिन चाचा.. हम नहीं रहेंगे.. नहीं तो पूरा माहौल गन्हा(बदबू) जाएगा... तू देख ला...।"

“अरे बाबू … कोनो लड़की आएगी… हम बूढ़ मनाई कैसे सम्भारेंगे?"

“अरे चाचा… जबतक तोहार साँस है तब तक हम्मे आस है.. अच्छा चला वही चला जाये.. बहुत दिन हो गया।"

कुछ देर में तीनों कार एक बिल्डिंग के सामने रुक जाती है। जो कि एक छोटे से बाजार के पीछे रहता है। खेत के मैदानों के बीच एक रास्ता वहाँ तक पहुँचता है। बिल्डिंग के गेट पर एक बोर्ड लगा है… जिसपर लिखा है

“अनचाहा" बड़े में, और नीचे एक लाइन अंग्रेजी में “Serving Childhood To Unwanted Children's"

चौंकिए मत, इस कहानी को लिखते-लिखते मैं खुद इतना चौंक गया हूँ कि आपको चौंकाऊँगा नहीं। बस इतना जानिए कि शिवांग ने इन दस सालों में जो कुछ भी चाहा, वह यह “अनचाहा" नाम की संस्था है। उसने इतने सालों में कर्म भी किये, कुकर्म भी किये पर सब इसके लिए। ठेकेदारी की, जमीन में दलाली की, वसूली की और करवाई, गांजा-भांग-चरस की तस्करी भी। पर इन सबके पीछे एक चाह कि उसका अनचाहा चलता रहे।

इस संस्था का काम देश भर के उन बच्चों को जो कि अनचाहे गर्भ से जन्मे हैं। उनको एक अच्छा बचपन दिलाना और उनकी माँ को सामाजिक प्रतिष्ठा दिलाना। इस संस्था में ज्यादे बच्चियाँ हैं क्योंकि अक्सर उनको ही परिवार वाले फेंक देते हैं। कुछ बच्चे ऐसे, जिनके माता-पिता चार-पाँच साल बाद, भीख माँगवाने वाले ठेकेदारों को बेच देते हैं या वो खुद भीख माँगने को मजबूर हो जाते हैं। उनकी माएँ उनको लेकर रेलवे स्टेशनों के बाहर बैठ जातीं। कुछ बच्चे ऐसे हैं जो कि शादी से पहले प्रेग्नेंसी से हुए। "अनचाहा" का एक वेबसाइट था जिस पर वह लड़कियाँ- जो किसी कारण से या ना-समझी में शादी से पहले गर्भवती हो जाती- अपने आपको रजिस्टर करतीं। जिसके बाद "अनचाहा" फाउंडेशन उनको पाँच महीने से डिलेवरी तक अपने अस्पताल में रहने का व्यवस्था देता। डिलेवरी होने के बाद बच्चे को अनचाहा फाउंडेशन में ले आया जाता। जहाँ पर उसकी माँ अगर चाहे तो अपने शादी के बाद उस बच्चे को गोद ले सकती है, हालाँकि अक्सर मामले में माँ केवल कभी-कभार ससुराल वालों से छिप के मिलने आतीं। कुछ लड़कियाँ भी इस संस्थान में ऐसी थीं जो शादी के पहले प्रग्नेंट हो गयी थी, और जिनको घर वालों ने “कुल बोरन" कह कर छोड़ दिया। यह बाद में अस्पताल या स्कूल या अन्य जगह

पढ़ाने लगती। पिछले एक साल से यह फाउंडेशन उन बुजुर्गों जो भी अपने साथ जोड़ रहा है जिनको उनके औलादो ने छोड़ दिया। जिससे बच्चों को एक अच्छा परवरिश और बुजुर्गों को अपना ममता लुटाने का जगह मिले।

जैसा कि मैं पहले बता दिया कि शिवांग ने कुकर्म किये हैं। पर उन सारे कीचड़ों से ही इस कमल का लालन-पालन होता है। पर उस कीचड़ का एक भी धब्बा इस पर ना पड़े इस डर से इसकी मुख्य चेयरपर्सन "सुमन पाठक- दिव्या की मम्मी थी। सारे काम उनके नाम पर होते। शिवांग बस डोनेशन देता ।

शिवांग जब दुनिया के रेला-रैली से, नीचपन से, तूच्चाई से, बेमानी से लथ-पथ हो जाता। तब इस मंदिर में खुद को माँजने आ जाता। आज भी वह इसलिए ही आया था।

वो गेट से घुसता है। गार्ड जो कि गेट पर न होकर बरामदे में सफाई कर्मचारियों से बात कर रहा था। शिवांग को देख कर खुशी से, दोनों हाथ जोड़ कर "पा लागी मालिक।"

शिवांग "का वंशी चाचा... हम्मे आप आशीर्वाद दिहल जा... ।"

शिवांग बरामदे से अंदर जाते हुए, एक धुन में बुलाता है "अरेटटटटटट विभुआआआआ...., कहाँ है मेरी बदमाश बहिनिईईईईईई।"

इतना बोलने की देर थी की अंदर तीन चार कमरों से तीस-चालीस बच्चे भागते हुए आते हैं। और शिवांग को चारों तरफ से घेर लेते हैं। कुछ शिवांग के पास ना रुक कर टॉफी और खिलौने के उम्मीद में बाहर भाग जाते हैं। शिवांग वहीं पालथी मार कर बैठ जाता है। किसी बच्चे को गले से लगा कर, कोई उसके पीठ पर चढ़ रहा हैं। कोई कुछ नहीं पा रहा है तो एक-दूसरे को ढकेल रहा है। आवाज का एक सैलाब जिसमें शिवांग डूबा हुआ। अगल-बगल कुछ बुजुर्ग दादी खड़ी हँस रही है। कहती हैं "बेचारे के कुल सुकून से बइठे नाहीं देले।" कोई कह रहा है "अरे .. उहो तो जान छिड़क देता है सबके ऊपर।"

इतने में बर्तन गिरने की आवाज होती हैं सब बच्चे उधर ही देखते हैं। शिवांग भी खड़ा होकर सामने देखता है। तो एक चार-पाँच साल कि लड़की, फ्रॉक और टॉप पहने, "अभी बस रो देगी" ऐसा मुँह बनाकर, शिवांग को देख रही थी। शिवांग दोनों बाहें फैला कर, तुतलाता हुआ "अरे... विभुआ... मेली बहिनी... गुच्चा हो क्या भाई?" वो अपने छोटे-छोटे हाथों से अपना आँख ढक लेती है। सिर नीचे कर लेती है।

आना माना दोष

शिवांग उस तक चल कर जाता है और कान पकड़ के बैठते हुए "सॉरी ......
विभु।"

वो कुछ नहीं बोलती।

शिवांग "नहीं बोलोगी.... ठीक है... तब मैं जा रहा हूँ।"

वो बच्ची हाथ आँख से हटा कर, शिवांग को घूरते हुए "तुम हमचे प्याल नहीं
कलते.... भागो इहा से... गंदे।"

शिवांग उसको "सोली..." कहते हुए, पुचकार कर गोद में उठा लेता है। पहले
तो वो उसका बाल खिंचती है। और फिर उसके गले से चिपक जाती है।

इसका नाम विभु है। शिवांग को यह बंगलोर से मिली थी। इसकी मम्मी
भी साथ थी पर उनकी तबियत खराब थी और उनको नहीं बचाया जा सका। पर
पता नहीं क्यों शिवांग इसको खूब मानता है। यह भी किसी की नहीं सुनती। अगर
शिवांग इसके पहले किसी और बच्चे से मिले तो इसको बर्दास्त नहीं।